눈먼 아비
홀로 두고
어딜 간단
말이냐

눈먼 아비 홀로 두고 어딜 간단 말이냐

초판 1쇄 펴낸날 · 2014년 6월 15일
초판 4쇄 펴낸날 · 2021년 5월 18일

풀어쓴이 · 장시광 | 그린이 · 김은미
기획 · <국어시간에 고전읽기> 기획위원회, 간텍스트
펴낸이 · 김종필

디자인 · 간텍스트 | 아트디렉터 · 조주연, 남정 | 디자이너 · 김유나, 천병민 | BI 디자인 · 김형건

인쇄 · 현문인쇄(인쇄)/ 최광수(영업)
종이 · (주)한솔PNS 강승우
출고, 반품 · (주)문화유통북스 박병례, 윤영매, 임금순

펴낸곳 · 도서출판 나라말
출판등록 · 2017년 6월 2일 제25100-2017-000044호
주소 · 서울시 은평구 진흥로 133 A동 B1
전화 · 02-332-1446 | 전송 · 0303-0943-3110
전자우편 · naramalbooks@hanmail.net

ⓒ 장시광 · 김은미, 2014

값 · 11,000원
ISBN 978-89-97981-15-1 44810
     978-89-97981-00-7 (세트)

＊이 책의 국립중앙도서관 출판시 도서목록(CIP)은 e-CIP 홈페이지(http://www.nl.go.kr/ecip)와
  국가자료공동목록시스템(http://www.nl.go.kr/kolisnet)에서 이용하실 수 있습니다.
  (CIP 제어번호 : CIP2014017013)
＊이 책에 실린 사진 자료 가운데 저작권자를 찾지 못해 허락 없이 실은 것이 있습니다. 해당 자료의 저작권자를 찾는 데
  도움을 주실 분은 '도서출판 나라말'로 연락해 주십시오.
＊잘못된 책은 바꾸어 드립니다.

고전읽기 006 _ 심청전

눈먼아비
홀로두고
어딜 간단
말이냐

나라말

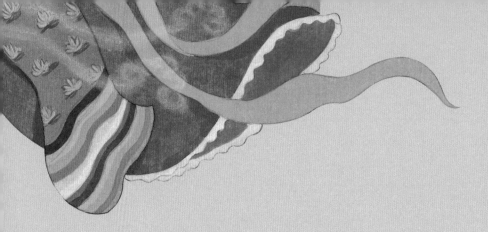

금자동아, 옥자동아,

어허 내 딸이야!

표진강에 빠지려던 숙향이가

네가 되어 환생하였느냐,

은하수 직녀성이 네가 되어 내려왔느냐?
　　　　　논밭을 장만한들 이보다 더 반가우며,
　진주를 얻은들 이보다 더 반가울까?
　　　　　어디 갔다가 이제 왔느냐!

〈국어시간에 고전읽기〉를 펴내며

『춘향전』은 '어사출두요!' 하는 장면. 『구운몽』은 성진이 꿈에서 깨어나는 장면.

거기서 끝이 나 버린다. 교과서는 지면의 한계가 있고 수업은 진도에 쫓기다 보니 국어 시간에 읽는 고전은 그렇게 끝나 버리는 경우가 많았다. 춘향이를 보고 첫눈에 반한 이몽룡이 얼마나 안절부절못했는지, 한양으로 떠나는 이몽룡을 붙들고 춘향이가 얼마나 서럽게 울었는지 모른 채 『춘향전』의 주제는 '신분을 초월한 사랑을 통해 드러나는 인간 해방 사상'이라고 가르치고 배웠다. 내가 성진이 되어 양소유로 환생한다면 어떤 근사한 삶을 살아 보고 싶은지 상상의 나래를 펼쳐 볼 기회도 없이 『구운몽』은 '몽유 구조라는 전통적인 액자 형식'으로 되어 있다고 가르치고 배웠다.

이제는 국어 시간에 제대로 고전을 읽어 볼 수 있었으면 좋겠다. 제대로 읽으려면 어떻게 해야 할까? 낯설고 어려운 옛말을 현대어로 풀이하고 밑줄을 그으며 분석하는 데만 골몰할 것이 아니라, 먼저 이야기 자체에 푹 빠져 보는 것이다. 고전은 오랫동안 많은 사람들에게 감명을 주며 오늘날까지 전해져 온 유산이기에 시간과 공간을 초월하여 즐거움과 깨달음을 전해 주는 보편성을 가지고 있다. 한편으로는 오늘날의 삶이 아닌 과거의 삶에서 피어난 이야기이기에 현대인이 경험해 보지 못한 새로운 세계를 펼쳐 보여 주는 특수성도 가지고 있다. 그러므로 고전은 어렵고 낯설고 지

루한 것이 아니라, 즐겁고 신선하고 지혜로 가득 찬 것이라 할 수 있다.

대문호 셰익스피어의 작품들은 영국의 고전을 넘어서서 세계의 고전으로 칭송받고 있다. 영국에서는 그런 셰익스피어의 작품들이 널리 읽힐 수 있도록 옛말로 쓰인 원작을 청소년들이 읽을 수 있는 쉬운 현대어로, 어린아이도 읽을 수 있는 아주 쉬운 동화로 거듭 번역해서 내놓는다. 그리하여 셰익스피어의 작품들은 책이나 연극으로는 물론 만화로도, 영화로도, 드라마로도 계속해서 다시 태어나고 있다.

그런 희망을 담아 〈국어시간에 고전읽기〉를 펴낸다. 우리 고전을 사랑하는 사람들의 손을 거쳐 벌써 여러 작품이 새롭게 태어났다. 고전의 품위를 훼손하지 않으면서도 청소년들이 어렵지 않게 이해할 수 있는 말을 골라 옮겼고, 딱딱한 고전이 아니라 한 편의 아름다운 이야기로 독자들에게 다가가기 위해 새로운 제목을 붙였으며, 그 속에 녹아 있는 감성을 한층 더 생생하게 전할 수 있도록 정성스러운 그림들로 곱게 꾸몄다. 또한 고전의 세계를 여행하는 데 도움을 줄 '이야기 속 이야기'도 덧붙였다.

〈국어시간에 고전읽기〉와 함께 국어 시간이 고전의 바다에 풍덩 빠져 진주를 건져 올리는 시간이 되기를 바란다.

〈국어시간에 고전읽기〉 기획위원회

『심청전』을 읽기 전에

우리의 고전 소설 『심청전』은 판소리 〈심청가〉와 서로 영향을 주고받으며 탄생된 걸작입니다. 판소리는 사람들이 모이는 장소라면 어디서든 특별한 무대 없이 공연하던 극의 일종인데, 양반과 평민이 두루 즐기면서 그들의 처지와 입장이 작품에도 반영되곤 했지요. 〈심청가〉 역시 마찬가지인데, 이를 감안한다면 〈심청가〉와 밀접한 연관이 있는 『심청전』에도 다양한 계층의 시각이 스며들어 있다는 점을 쉽게 알 수 있지요.

『심청전』은 심청이가 아버지 심 봉사의 눈을 뜨게 하기 위해 공양미 삼백 석을 받고 인당수에 빠져 죽었다가 다시 살아 나와 심 봉사와 만나고 심 봉사가 눈을 떠 잘 산다는 내용입니다. 그런데 이런 내용과 관련하여 몇 가지 의문이 드는 대목이 있답니다. 심청이는 효녀라서 아버지를 위해 죽었는데, 과연 그것을 효라 할 수 있는지 의심이 들지요. 진정한 효녀라면 죽지 않고서 눈먼 아버지를 끝까지 곁에서 모셔야 하지 않을까? 이와 같은 물음엔 참으로 답하기 어렵습니다. 또 심청이를 죽는 것으로 설정한 것도 과도한 것 아닐까 하는 의문도 생깁니다. 또 심청이가 인당수에 빠진 뒤에 용궁에 가고, 용궁에서 죽었던 어머니를 만났다가 다시 살아나고, 심 봉사가 눈을 뜨는 것은 모두 현실에서는 일어나기 힘든 일입니다. 한마디로 황당한 사건들이라 할 수 있지요. 그렇다면 『심청전』에는 왜 이러한 장면들이 들어가 있을까요. 일어날 법한 사건들로만 배치해도 되었을 텐데요.

『심청전』을 읽다 보면 위와 같은 의문이 머릿속에 계속 맴돕니다. 사실

이것들은 모두 즐거운 토론거리가 될 수 있습니다. 심청이는 과연 효녀일까, 아닐까. 황당무계한 사건들은 무엇을 뜻할까. 이 자리에서 제가 대답해 드리고 싶지만, 그렇게 되면 여러분의 상상력을 훼손할 우려가 있기 때문에 자제하겠습니다. 나름대로 생각해 보기 바랍니다.

『심청전』은 심청이가 인당수에 빠져 죽고, 심 봉사가 고생을 하는 전반부와 심청이가 살아나서 심 봉사와 만나는 후반부로 나뉩니다. 전반부에는 극심한 고난의 모습이, 후반부에는 그러한 고난에서 벗어난 행복한 모습이 그려지지요. 또 전반부에는 고난의 모습이 뚜렷하다 보니 비극적 분위기가 팽배하고, 후반부는 그 반대로 발랄하며 웃음을 유발하는 장면들이 적지 않게 등장합니다.『심청전』은 이처럼 슬픔에서 기쁨으로, 울음에서 웃음으로 이어지는 역동적인 구도를 지니고 있습니다. 이 점이『심청전』을 걸작으로 만드는 요소 가운데 하나인데, 사실 이러한 모습은 판소리에서는 흔히 볼 수 있는 것이랍니다. 판소리 광대는 청중들을 울리다가 웃기고, 슬프게 하다가 기쁘게 하는 신기한 능력을 지니고 있었습니다. 이러한 면에서『심청전』에 끼친 판소리 〈심청가〉의 영향을 생각하며 작품을 감상하는 것도 좋겠습니다.

2014년 6월

장시광

이야기 차례

●●● 〈국어시간에 고전읽기〉에는 이야기의 재미와 이해를 돕기 위한
'이야기 속 이야기'가 함께합니다.

눈먼 아비
홀로 두고
어딜 간단
말이냐

심봉사, 늦둥이를 보다

중국 송나라 말년, 황주 도화동이라는 곳에 한 사람이 살았
으니, 성은 심이고 이름은 학규였다. 심학규는 대대로 높은
벼슬을 지낸 훌륭한 집안의 자손이었다. 그런데 그만 집안이
몰락하고, 심학규도 스무 살이 되지 않아 눈이 멀어 봉사가 되는
바람에 벼슬길도 막혀 버려 가난하게 되고 말았다.

시골에서 곤궁하게 사는 처지에 눈이 멀고 가까이 사는 친척마저
없으니 어느 누가 보살펴 줄 수 있겠는가. 그러나 심 봉사는 훌륭
한 가문의 후예로 행실이 청렴하고 의리가 있었으므로 사람들이
모두 그를 칭찬했다.

심 봉사의 아내 곽씨 부인도 어질고 사리에 밝은 사람으로, 덕행

이 뛰어나고 매우 아름다웠으며 절개가 굳었다. 글공부를 게을리 하지 않아 책을 많이 읽었으며, 시도 매우 잘 썼다. 이웃과는 화목 하게 지내고 집안 살림도 척척 해냈다.

그러나 물려받은 재산이 없어 가진 것이라곤 집 한 채밖에 없는 데다 심 봉사도 돈벌이를 할 수 없어 아침을 먹고 나면 바로 저녁 거리를 걱정해야 할 지경이었다. 가진 논밭이 없고 일을 도와줄 종 도 없어 불쌍한 곽씨 부인은 직접 품을 팔아야 했다. 삯바느질에 빨래하기, 풀 먹이기, 수놓기, 초상집에서 품 팔기, 혼인집에서 음 식 장만하기, 염색하기 따위로 일 년 삼백 예순 날을 잠시도 쉬지 않고 손발이 다 닳도록 품을 팔았다. 그렇게 한 푼씩 모아 한 돈을 만들고 한 돈씩 모아 한 냥을 만들었다. 그러고는 착실한 이웃에게 빌려 주고 실수 없이 이자를 받아 돈을 불렸다. 그 돈으로 봄가을 마다 있는 제사를 모시고 앞 못 보는 가장을 봉양했다. 심 봉사에 게는 철마다 옷을 지어 입히고 아침저녁으로 밥상을 차려 배불리 먹이니 마을 사람들은 누구 할 것 없이 곽씨 부인을 착하다고 칭찬 했다.

하루는 심 봉사가 곽씨 부인을 불렀다.

"여보, 마누라."

"예."

"세상에 나서 부부의 인연을 맺지 못한 이가 누가 있겠는가마는

∞ 한 푼씩 모아 ~ 한 냥을 만들었다 ― 푼, 돈, 냥은 예전에 엽전을 세던 단위로, 열 푼은 한 돈이고, 열 돈은 한 냥이었다.

내가 무슨 은혜를 입어 당신과 부부가 되었는고. 밤낮으로 돈을 벌어 앞 못 보는 가장을 잠시도 버려두지 않고 어린아이 받들 듯이 행여 배가 고플까, 행여 추울까 옷과 음식을 때맞춰 극진히 공양하니, 나는 편하지만 마누라 고생하는 모습이 떠올라 마음이 편치 않구려. 이제 나 봉양하는 것은 그만하고 사는 대로 살아 봅시다. 우리 나이가 마흔이 되었으나 슬하에 자식 하나 없어 조상 제사가 끊어지게 되었으니 죽어서 지하에 가면 무슨 면목으로 조상을 보겠소. 우리 두 사람 신세를 생각하면 누가 우리 장례를 치러 주고 누가 우리 제삿날에 밥 한 그릇 물 한 모금 올리겠소? 이름난 산과 큰 절에서 기도라도 드려 다행히 눈먼 자식이라도 하나 얻으면 평생의 한을 풀 것이니 지성으로 빌어 보오.”

곽씨 부인이 대답했다.

“옛글에 이르기를, 삼 천 가지 불효 가운데 후손 없는 것이 가장 크다고 했습니다. 아들이 없는 것은 저의 죄악이니 버림받아 마땅하나 가군의 덕택으로 지금까지 몸을 보전해 왔습니다. 자식을 두고 싶은 마음이야 밤낮으로 간절하니 몸을 팔고 뼈를 갈아야 한다면 그렇게 하지 못하겠습니까? 다만 형편이 어렵고 가군의 마음을 몰라 말씀을 못 드렸던 것입니다. 먼저 말씀을 꺼내셨으니 지성으로 기도를 드리겠나이다.”

이처럼 말하고는 품을 팔아 모은 재물로 온갖 공을 다 들였다. 이름난 산의 큰 절, 신을 맞는 절, 오래 된 사당, 성황당 같은 곳에 모셔진 온갖 부처님들께 공을 들이고 절에 갖가지 시주를 하며 집에 있는 날에는 부엌과 집, 땅을 지키는 신들에게 제사를 지냈다. 이처럼 극진히 공을 들이니 공든 탑이 무너지며 고갱이 든 나무가 꺾

일까.

그러던 곽씨 부인이 갑자년 사월 초파일에 이상한 꿈을 꾸었다. 신비로운 기운이 공중에 서려 있고 오색이 영롱한데, 선녀 하나가 학을 타고 하늘에서 내려오는 것이었다. 선녀는 화려한 옷을 입고, 머리에는 화관을 쓰고 있었으며, 달 모양의 옥을 허리에 차고 있어 옥이 맞부딪치는 소리가 맑게 울렸다. 계수나무 가지를 손에 든 선녀가 절하고 곁에 와 앉는 모습은 달의 선녀가 품 안으로 들어오는 듯하고 남해의 관음보살이 바다에서 나오는 듯했다. 황홀해진 곽씨 부인은 마음을 진정시키기 어려웠다.

선녀가 말하기를,

"저는 선녀 서왕모의 딸이온데 반도를 바치러 가는 길에 옥진 선녀를 만나 이야기를 하다가 늦는 바람에 상제께 죄를 얻었습니다. 상제께서 저를 인간 세상으로 내치시니 갈 곳을 몰랐는데 후토부인 같은 분들이 귀댁으로 가라고 하셔서 이리 왔으니 어여삐 여기소서."

하고 선녀가 품 안으로 들어왔다.

곽씨 부인이 깜짝 놀라 깨어 보니 한바탕 꿈이었다. 곽씨 부인이 심 봉사를 깨워 꿈속의 일을 말해 주었는데, 심 봉사도 똑같은 꿈

∞ 화관(花冠) — 칠보로 꾸민 여자의 쓰개.

∞ 서왕모의 ~ 후토부인 — 서왕모(西王母)는 중국 신화에 나오는 선녀로, 죽지 않고 오래 살게 하는 약을 가지고 있다 한다. 반도(蟠桃)는 신선이 사는 곳에서 삼천 년에 한 번씩 열매를 맺는다는 복숭아이다. 옥진(玉眞)은 당나라 현종의 첩이던 양귀비(楊貴妃)를 말하는데, 당나라 때 시인 백거이가 양귀비가 죽어 '옥진'이라는 선녀가 되었다고 한 것에서 유래한다. 후토부인(后土夫人)은 토지를 맡아 다스린다는 여신이다.

을 꾼 것 아닌가.

그달부터 곽씨 부인에게 태기가 있었다. 곽씨 부인은 어진 마음을 가지고 앉는 자리가 바르지 않으면 앉지 않고, 썰어 놓은 음식이 가지런하지 않으면 먹지 않으며, 귀로는 음란한 소리를 듣지 않고, 눈으로는 산모의 몸에 좋지 않은 색을 보지 않으며, 가장자리에 서지 않고, 모로 눕지도 않았다.

그렇게 열 달이 지난 어느 날, 해산할 기미가 보였다.

"애고, 배야! 애고, 허리야!"

심 봉사가 한편으로는 반갑고 한편으로는 놀라 깨끗한 짚을 한 줌 추려 놓고 정화수 한 사발을 소반에 받쳐 놓으며 단정히 꿇어앉아 빌었다.

"비나이다, 비나이다, 삼신 제왕 앞에 비나이다. 곽씨 부인이 나이 들어 자식을 낳으니 헌 치마에서 외씨버선 나오듯 잘 낳게 해 주옵소서."

그렇게 빌자 뜻밖에 방에 향기가 가득하고 오색 안개가 집을 둘렀는데, 정신이 없는 가운데 자식을 낳으니 곧 딸이었다. 심 봉사 거동 보소. 탯줄을 자르고 아이를 뉘어 놓은 뒤 기뻐하던 차에 곽씨 부인이 정신을 차려 물었다.

"여보시오, 아들이오, 딸이오?"

심 봉사가 크게 웃으며 말했다.

"아기의 샅을 만져 보니 손이 나룻배 지나듯 걸리는 것 없이 지나가니 묵은 조개가 햇조개를 낳았구려."

곽씨 부인이 서러워하여 말했다.

"아니, 기도를 그렇게 드렸건만 기껏 낳은 자식이 딸아이란 말이오?"

"마누라, 그런 말 마오. 우선 잘된 것은 순산한 것이요, 딸이라도 잘 두면 아들을 준다 한들 바꾸겠소? 우리 이 딸을 고이 길러 예절 먼저 가르치고 바느질과 베 짜기를 두루 가르쳐 착한 숙녀로 만들어 봅시다. 그러고는 좋은 군자를 배필로 삼아 혼인시키면 금실 좋은 부부가 되어 아들딸 많이 낳아 우리 죽은 뒤에 제사는 지내 주지 않겠소?"

심 봉사는 첫국밥을 얼른 지어 삼신상을 차려 놓고 옷차림을 가지런히 한 뒤 두 손을 들어 빌었다.

"비나이다, 비나이다. 삼십삼천 도솔천, 제석 전에 소원을 아뢰며 삼신 제왕님네 뜻을 같이하셔서 다 굽어보옵소서. 마흔 넘어 점지한 자식, 열 달 동안 몸이 생겨 순산하오니 삼신님네 덕이 아니신가. 무남독녀 딸이오나 동방삭과 같은 긴 수명을 주시고, 어진 어머니의 덕행과 빼어난 효행, 여자의 절행, 아름다운 자질을 주시며, 큰 부자의 복을 점지해 주시고 오이 불어나듯 달 불어나듯 잔병 없이 자라게 해 주옵소서."

그러고는 더운 국밥을 퍼서 산모를 먹인 뒤에 혼잣말로 아기를 어른다.

∞ 헌 치마에서 **외씨버선 나오듯** — 아기가 엄마의 배에서 쑥 나오는 모습을 비유한 말로, 외씨버선은 오이씨처럼 볼이 좁고 갸름한 버선이다.

∞ **삼신상(三神床)** — 아기를 낳은 뒤에 아기를 점지하고 산모와 아기를 돌봐 준다는 삼신에게 올리는 상으로, 쌀밥과 미역국을 차려 놓고 아기의 무병장수를 빌고 나서 산모가 먹는다.

금자동아, 옥자동아,
　　어허 내 딸이야!

금자동아, 옥자동아,
　　어허 내 딸이야!

표진강에 빠지려던 숙향이가
네가 되어 환생하였느냐,
은하수 직녀성이 네가 되어 내려왔느냐?

논밭을 장만한들 이보다 더 반가우며,
진주를 얻은들 이보다 더 반가울까?
어디 갔다가 이제 왔느냐!

둘

곽씨 부인, 딸의 이름을 지어 주고 죽다

심 봉사와 곽씨 부인이 아기를 낳고서 좋아하더니 곽씨 부인이 해산한 지 이레가 되지 않아 바깥바람을 많이 쐰 탓에 산후병이 났다.

"애고, 배야! 애고, 머리야! 애고, 가슴이야! 애고, 다리야! 온몸이 안 아픈 데가 없구나!"

심 봉사가 기가 막혀 아프다는 데를 주물러 주며 말했다.

"정신 차리고 말을 해 보오. 먹은 것이 체했는가, 삼신님네가 심술을 부린 건가?"

곽씨 부인의 병세가 심해지자 심 봉사가 겁을 내어 건넛마을 의원을 모셔다가 진맥을 한 뒤에 약을 썼다. 그러나 곽씨 부인은 죽을병에 걸렸는지 아무런 효험을 보지 못했다.

병세가 점점 악화되어 하릴없이 죽게 되자 곽씨 부인 또한 살아나지 못할 줄 알고 심 봉사의 손을 잡고는 한숨을 길게 쉬었다.

"우리 둘이 서로 만나 한평생을 사이좋게 지내고 함께 늙어 가자 약속하였으니, 앞 못 보는 가장을 예사로이 대하면 노여움을 살까 봐 아무쪼록 가장을 공경하려 했습니다. 차고 더운 날을 가리지 않고 이 마을 저 마을로 다니며 품을 팔아 밥도 받고 반찬도 얻어, 찬밥은 제가 먹고 더운밥은 가장에게 드려 배고프지 않고 춥지 않게 극진히 모셨으나 천명이 이것뿐인지 인연이 끊어지게 되었으니 어찌 눈을 감고 가겠습니까? 앞으로 누가 헌 옷을 꿰매 주며, 누가 맛난 음식을 권하겠습니까? 제가 죽으면 눈 어두운 우리 가장, 사방을 둘러봐도 친척 하나 없는 외로운 몸이 손에 손에 바가지 들고 지팡이 부여잡고 동냥을 다니다가 구덩이에 빠지고 돌부리에 걸려 엎어져서 신세를 한탄하며 우는 모습이 이 눈에 선합니다. 집집마다 찾아가 밥 달라고 구걸하는 슬픈 소리가 이 귀에 쟁쟁히 들리는 듯합니다. 기도를 드려 마흔에 낳은 자식 젖도 제대로 못 먹이고 얼굴도 제대로 못 보고 죽는단 말입니까! 저 어린것이 전생에 무슨 죄를 지어 이생에 태어나 어미도 없이 뉘 젖을 먹고 자라나며, 가장이 자기 몸도 주체를 못하는데 저것을 어찌 기를 것이며 그 모양이 어떠하겠습니까! 멀고 먼 황천길을 눈물겨워 어찌 가며, 앞이 막혀 어찌 갈꼬!"

한참을 한탄하던 곽씨 부인은 심 봉사에게 뒷일을 부탁했다.

"저 건너 이 동지 집에 돈 열 냥을 맡겼으니 그 돈 찾아다가 초상에 보태 쓰고, 창고에 있는 쌀은 아이 낳고 몸조리할 때 쓰려고 두었으나 못다 먹고 가니 양식으로 쓰소서. 진 어사 댁 관복에는 가슴 부분에 학을 그려 놓다가 못다 하고 보에 싸서 두었으니 찾으러 오거든 해 놓은 것이라도 내주시고, 건넛마을 귀덕 어미는 저와 절친한 사이니 어린아이 안고 가서 젖을 먹여 달라 하면 못 본 척하지는 않을 것입니다. 하늘의 도움으로 딸아이가 죽지 않고 자라나 제 발로 걷거든 제 무덤을 찾아와서 '네 모친 무덤이로다.' 하고 모녀가 서로 만나게 하면 원이 없겠습니다. 천명을 어길 길이 없어 앞 못 보는 가장에게 어린 자식을 맡겨 두고 영원히 이별하게 되었으니, 부디 귀하신 몸을 상하게 하지 말고 귀중히 보존하소서. 이 생에서 못다 한 인연은 후세에 다시 만나 이별 않고 살 것입니다. 애고, 제가 잊었습니다. 저 아이 이름을 심청이라 짓고, 제 옥가락지가 이 상자 속에 있으니 심청이가 자라거든 날 본 듯이 내주십시오. 나라에서 내리신 돈 양편에 '수복강녕'과 '태평안락'이라는 글이 새겨져 있는데, 곱고 붉은 모직물로 괴불주머니를 만들어 그 돈을 넣고, 주홍색 명주실로 벌매듭을 지어 두었으니 심청이 옷에 채워 주소서."

이렇게 말한 곽씨 부인은 잡았던 손을 놓으며 한숨을 쉬고 돌아누워 어린아이를 안겨 달라고 해 낯을 문지르며 혀를 끌끌 찼다.

"천지도 무심하고 귀신도 야속하다. 네가 진작에 나거나 내가 좀 더 살거나. 너 낳자 나 죽어 끝없는 고통을 네게 안기니 죽는 어미나 사는 자식이나 생사 간에 무슨 죄더냐. 누구 젖을 먹으며 누구 품에서 잠을 잘까. 애고, 아가. 이 어미가 주는 마지막 젖 먹고 어서어서 자라거라."

두 줄 눈물이 흘러 곽씨 부인의 낯이 젖었다. 한숨을 쉬어 부는 바람은 슬픈 바람이 되고, 눈물을 맺어 오는 비는 쓸쓸한 가랑비가 되어 내렸다. 하늘은 나직하고 음산한 구름은 자욱한데, 수풀에서 슬피 울던 새는 적막하게 머무르고 시내에서 도는 물은 슬픈 듯 오열하며 흘러가니 하물며 사람이야 어찌 서럽지 않으리오. 딸꾹질 두세 번에 곽씨 부인 숨이 덜컥 지니, 심 봉사가 그제야 곽씨 부인이 죽은 줄 알고 통곡했다.

"애고애고, 마누라! 참말로 죽었는가? 이게 웬일인가!"

심 봉사가 가슴을 꽝꽝 두드리고 머리를 탕탕 부딪치며 엎어지고 자빠지며 발을 구르고 울부짖었다.

"여보, 마누라! 그대 살고 내가 죽으면 저 자식을 키울 수 있는 것을! 내가 살고 그대 죽으니 저 자식을 어찌 키운단 말인고! 애고애고, 모진 목숨이 살자 한들 어떻게 먹고살며, 함께 죽자 한들 어린 자식을 어찌할까! 애고, 동지섣달 찬바람에 무엇을 입혀 키우며, 침침한 빈방에서 젖 먹겠다고 울어도 누가 젖을 먹여 기를까! 마오, 마오, 제발 죽지 마오! 죽어서 같이 묻히자더니 염라국이 어디라고 날 버리고 저것 두고 죽는단 말인가! 이제 가면 언제 오리! 애고, '푸른 봄을 동무하여 고향에 돌아온다.' 하더니 봄을 따라 오려는가? '푸른 하늘의 달이여, 언제부터 있었는가.' 하더니 달을 따고 오려는가? 꽃도 졌다가 다시 피고 해도 졌다가 다시 돋는데, 우리 마누라가 간 곳은 가면 다시 못 오는 곳인가? 나는 이제 어디

∞ 수복강녕과 ~ 괴불주머니를 만들어 ─ 수복강녕(壽福康寧)은 '오래 살고 복을 누리며 건강하고 평안하다.'는 뜻이고, 태평안락(太平安樂)은 '평안하고 안락하다.'는 뜻이다. 괴불주머니는 어린아이가 주머니 끈 끝에 차는 세모 모양의 조그만 노리개이다.

로 찾아갈꼬! 애고애고, 서럽구나!"

이렇게 슬퍼할 때 도화동 사람들이 남녀노소 할 것 없이 모여 눈물을 흘리며 말했다.

"어질던 곽씨 부인이 불쌍히도 죽었구나. 우리 동네 백여 집이 조금씩 모아 장례나 지내 주세."

도화동 사람들이 힘을 모아 수의와 관을 장만하고 볕이 좋은 곳을 가려 사흘 만에 장례를 치를 적에 상여꾼들이 해로가를 부르니 그 소리가 구슬펐다.

원어원어 원얼리넘차 원어,

북망산이 멀다더니 건넛산이 북망일세.

원어원어 원얼리넘차 원어,

황천길이 멀다더니 방문 밖이 황천이라.

원어원어 원얼리넘차 원어,

불쌍하다 곽씨 부인, 행실도 착하고 재질도 기이터니

늙지도 젊지도 아니하여 끝내 세상을 버렸구나.

원어원어 원얼리넘차 원어,

원어원어 원얼리넘차 원어화 너화 원어.

상여꾼들이 이리저리 건너갈 때 심 봉사 거동 보소. 어린아이를 강보에 싸 귀덕 어미에게 맡기고 지팡이를 짚고서 상여 뒤를 부여잡았는데 목이 쉬어 크게 울지는 못한 채 통곡했다.

"여보, 마누라! 내가 죽고 마누라가 살아야 어린 자식을 살리지! 천하에 몹쓸 마누라, 그대가 죽고 앞 못 보는 내가 살아 있으니 어린 자식을 어떻게 키우겠소! 애고애고!"

　곽씨 부인을 묻고 흙을 쌓아 무덤을 만든 뒤에 제사를 지내는데, 심 봉사가 참으로 서럽게 제문을 지어 읽었다.

　아, 부인이여! 아, 부인이여!
　이처럼 착한 부인을 맞음이여, 행실이 옛사람에게 뒤지지 않는도다.
　백 년을 함께하자 기약했더니, 갑자기 죽어 혼이 떠나갔구나.
　어린 자식 남겨 두고 영원히 가니 이것을 어찌 기르며,
　다시 못 올 곳으로 영영 가니 어느 때나 오려는가.
　소나무와 가래나무로 집을 삼아 자는 듯이 누웠으니,
　목소리와 모습을 생각하면 적막하여 보고 듣기 어려워라.
　눈물이 주르르 흘러 옷깃을 적시니 젖은 눈물이 피가 되고,
　애끓는 마음으로 빌어 본들 살 길이 전혀 없다.
　마음에 둔 사람이 저기 있으나 바라본들 어이하며,
　기댈 곳 없어 울적하니 누구를 의지한단 말인가.
　백양나무에 달이 지니 산은 적막하고 밤은 깊네.
　울음소리가 들리는 듯한데 무슨 말로 하소연한들,
　저승과 이승이 막혀 길이 다르니 그 누가 위로하리.
　후세에나 만난다면 이생에는 한이 없으리.
　변변찮은 음식이나 많이 먹고 돌아가오.

∞ 해로가(薤露歌) — 상여가 나갈 때 부르는 노래로, '사람의 목숨이 부추 위의 이슬과 같아 쉽사리 말라 없어진다.'는 뜻의 가사와 구슬픈 곡조로 되어 있다.

제문을 다 읽은 심 봉사가 땅바닥에 엎어지며 말했다.

"애고애고, 이것이 웬일인가! 가오, 가오. 날 버리고 가는 부인을 한탄하여 무엇하리! 저승 가는 길에는 객점이 없으니 뉘 집으로 가 자려는가? 가는 데를 나에게 일러나 주오!"

이처럼 슬퍼하니 도화동 사람들이 심 봉사를 위로했다.

장례를 마친 심 봉사가 집으로 돌아오니 부엌은 적적하고 방은 텅 비어 있었다. 어린아이를 달래다가 휑뎅그렁한 빈방에 태백산 갈가마귀가 바닷가에서 물어 온 게 발을 산속에 던져 놓은 것처럼 홀로 누웠으니 마음이 편하겠는가. 벌떡 일어나 이부자리도 만져 보고 베개도 더듬어 보니 예전에 쓰던 그 이부자리와 베개였지만, 이제 홀로 빈방에서 누구와 함께 잘까. 농짝을 쾅쾅 치고, 반짇고 리도 덥석 만져 보고, 빗접도 핑그르르 던져 보고, 밥상도 더듬더 듬 만져 보며 부엌을 향해 쓸데없이 불러도 보고, 이웃집에 가서,

"우리 마누라 예 왔소?"

하고 공연히 물어도 보고, 어린아이 품에 품고,

"너를 두고 죽었으니 네 어머니가 무심도 하다. 오늘은 젖을 얻어 먹였으나 내일은 뉘 집에 가 젖을 얻어 먹일까. 애고애고, 야속하 고 무심한 귀신이 우리 마누라를 잡아갔구나."

하며 슬퍼하다가 다시 고쳐 생각하기를,

'죽은 사람은 다시 살아날 수 없으니 이 자식이나 잘 키우리라.'

하고 어린아이가 있는 집을 물어 동냥젖을 얻어 먹였다.

눈이 어두워 보지 못하나 귀는 밝아 눈치로 가늠하고 앉았다가 날이 새 우물가에서 소리가 들리면 얼른 나서며,

"여보시오, 아씨님네! 이 아기에게 젖을 좀 먹여 주오. 우리 마누

라 살았을 적 인심을 생각하면 어찌 모른 척할 것이며, 어미 없는 어린 것이 불쌍하지 않소? 댁의 귀한 아기 먹이고 남은 젖 조그만 먹여 주오."

그러니 누가 먹여 주지 않겠는가. 김매는 여인들이 쉬고 있을 때 찾아가 애처롭게 빌기도 하고, 시냇가에서 빨래하는 여인들을 찾아가 젖을 먹여 달라고 빌었다. 그러면 어떤 부인은 아이를 달래 따뜻이 먹여 주며 나중에도 찾아오라 하고, 또 어떤 부인은 이제 막 자기 아기를 먹여 젖이 나오지 않는다고 안타까워하였다.

젖을 많이 얻어 먹여 아기 배가 볼록하면 심 봉사는 기분이 좋아져 양지바른 언덕 밑에 쪼그리고 앉아 아기를 얼렀다.

"아가, 아가, 자느냐. 아가, 아가, 웃느냐. 어서 커서 네 모친같이 어질고 귀하게 되거라."

그러나 어느 할머니가 있어 돌봐 주며 어느 외가가 있어 맡아 줄까. 하루도 돌봐 줄 사람이 없으니 아이 젖을 얻어 먹이고 사이사이에 동냥할 때 베로 만든 전대 가운데를 묶어 두 쪽으로 나눠 한쪽에는 쌀을 받고, 한쪽에는 베를 받아 모았다. 장이 설 때마다 다니면서 한 푼 두 푼 얻어 아이 먹일 죽을 끓이려고 갱엿과 홍합을 샀다. 이렇듯 지내며 달마다 초하루와 보름에 지내는 곽씨 부인 제사와 죽고 나서 일 년 만에 치르는 소상, 이 년 만에 치르는 대상을 무사히 치렀다.

∞ 객점(客店) — 오가는 길손이 음식을 사 먹거나 쉬던 집.
∞ 빗접 — 머리를 빗는 데 쓰는 물건을 넣어 두는 도구.

심청이, 효성으로 심 봉사를 모시다

심청이는 귀하게 될 운명을 타고났는지라 천지신명이 도와 주고 부처님도 도와주어 잔병 없이 자라 어느덧 제 발로 걷 게 되었다.

무정한 세월은 흐르는 물과 같아 심청이가 예닐곱 살이 되니, 얼 굴은 아름답고 행동은 민첩했으며 효행은 빼어나고 생각도 뛰어나 며 인자하기가 이루 말할 수 없었다. 부친의 아침저녁 봉양과 모친 의 제사를 법도에 맞춰 해냈으니 칭찬하지 않을 사람이 어디 있겠 는가.

하루는 심청이가 심 봉사에게 여쭈었다.

"미천한 짐승인 까마귀도 제 어미에게 먹을 것을 갖다 줄 줄 아는데, 하물며 사람이 미천한 짐승만 못하겠어요? 아버지는 눈이 어두우시니 밥을 빌러 다니다가 엎어지셔서 몸을 상하지 않을까 걱정이고, 날이 궂어 비바람 불고 서리 내리는 날에는 추위에 병이 나실까 밤낮으로 염려되어요. 낳아 주시고 길러 주신 부모님의 은덕을 지금부터 받들지 않으면 나중에 돌아가시고 나서 슬퍼한들 갚을 수 있겠어요? 이제 저도 다 컸으니 오늘부터 아버지는 집에만 계셔요. 그러시면 제가 밥을 빌어다가 아침저녁의 근심을 덜겠나이다."

심 봉사가 깜짝 놀라 말했다.

"눈먼 아비를 걱정해 주는 네 말이 기특하다만, 어린 너를 밖으로 내보내고 내 마음이 어찌 편하겠느냐? 그런 말은 다시 하지 말거라."

그러자 심청이가 또 여쭈었다.

"공자의 제자 자로는 백 리나 되는 거리를 쌀을 메고 가 부모님을 섬겼고, 제영은 어린 여자였지만 자기 몸을 팔아 옥에 갇힌 아비의 죄를 덜도록 했다고 합니다. 그런 일을 생각하면 사람이 예나 지금이나 다를까요? 그러니 아무 말씀 마시고 제가 하자는 대로 하셔요."

마침내 심 봉사가 마지못해 말했다.

"기특하구나, 내 딸아. 효녀로다, 효녀로다! 내 딸아. 네 말대로 그리하마."

이렇게 하여 심청이가 그날부터 밥을 빌러 나서게 되었다. 먼 산에 해가 비치고 앞마을에 연기가 나면, 엄동설한 모진 날에 추운 줄 모르고 헌 저고리 헌 치마에 버선 없는 맨발로 다 닳아 뒤축 없

는 신을 끌며 헌 바가지를 옆에 끼고 이 집 저 집 들어가서 애절하게 빌었다.

"우리 모친은 일찍이 세상을 버리시고 우리 부친은 눈이 어두워 앞을 전혀 못 보시는 줄을 동네 사람 누가 모르시겠습니까? 한 숟가락씩만 모아 주시면 한 그릇을 만들 수 있사오니, 밥 한 술 덜 잡수시고 도와주시면 눈 어두운 우리 부친 굶주림을 면할 수 있겠습니다."

그 모습을 본 사람들은 모두 감동하여 밥과 반찬을 아끼지 않고 내주었다. 간혹 밥을 먹고 가라는 사람이 있으면 심청은 이렇게 말했다.

"추운 방에서 늙은 부친이 이제나저제나 기다리고 계시는데, 어찌 저 혼자 먹을 수 있겠습니까? 어서 바삐 돌아가서 아버지와 함께 먹겠나이다."

그렇게 두세 집만 돌면 한 끼 먹을 것을 얻을 수 있었다. 심청이가 급히 집으로 돌아가 방에 들어서며,

"아버지, 춥지는 않으신지요?"

"아버지, 시장하시지요?"

"아버지, 많이 기다리셨지요? 어쩌다 보니 늦게 왔어요."

하면 딸을 보내고 마음을 둘 데 없어 한숨짓던 심 봉사가 문을 활짝 열고 두 손을 덥썩 잡고는 심청의 손을 입에 대고 후후 불고, 발도 차다며 어루만지고, 안쓰러운 마음에 혀를 끌끌 차며 눈물을 지었다.

"애고애고, 애달프도다. 네 모친도 무심하구나. 애고, 내 팔자야. 너를 시켜 밥을 빌어먹는단 말인가! 애고애고, 모진 목숨이 구차하게 살아서 자식 고생을 시키는구나!"

그러면 심청이가 극진한 효성으로 심 봉사를 위로했다.

"아버지, 제발 그런 말씀 마셔요! 부모님을 봉양하고 자식의 효도를 받는 것이 하늘의 이치이고 사람 사는 당연한 일이니 너무 걱정 말고 진지나 잡수셔요."

이렇듯 공양하느라 춘하추동 계절을 가리지 않고 구걸을 하고 다녔다.

한 해, 두 해, 서너 해가 지나자 어머니의 자질을 이어받은 심청은 공밥을 먹지 않으려고 동네에 바느질거리가 있으면 삯을 받아 모아서 심 봉사의 옷과 음식을 마련했고, 일이 없는 날은 밥을 빌어 근근이 연명했다.

보지 못해도
할 수 있는 일은 많다오!

조선은 가족을 중심으로 살아가는 가족 중심 사회였기에 나라에서는 장애인의 복지도
우선 가족이 책임을 지게 했습니다. 그래서 가족에게 문제가 생기면 친척이나 이웃들이 나서서 돕게 하고,
장애인을 어떻게 부양했느냐에 따라 상을 내리거나 무겁게 처벌함으로써 장애인이 방치되지 않고
살 수 있는 풍토를 만들어 주었습니다. 그리고 나라에서는 장애인을 자립할 수 있는 장애인과 자립하기
어려운 장애인으로 나눠 관리했는데, 시각 장애인의 경우 자립할 수 있는 장애인으로 분류되었습니다.
그래서 시각 장애인은 경을 읽어 악귀를 몰아내는 독경사(讀經士), 점을 치는 점술가(占術家),
음악을 연주하는 악공(樂工) 같은 직업을 갖고 스스로 먹고살기도 했습니다.

조선 후기의 대표적인 풍속화가 김준근의 〈판수 경 읽는 모양〉
'판수'는 점치는 일을 직업으로 삼는 맹인을 가리키는 말로, 이 그림은 판수가 병마를 내쫓기 위해 경을 읽으며 치성을 드리는 모습
을 그린 것입니다.

악귀는 물러가고 복은 굴러 들어오게 하는 독경사

'독경'은 자리에 앉아 북을 치며 경을 읽는 것으로, 그렇게 하여 악귀를 내쫓고 안녕을 빌어 주는 것은 조선 시대 시각 장애인의 주요한 일이었습니다. 조선 전기에는 대개 점술가와 독경사가 나뉘어 있었으나, 조선 후기에는 둘 다 겸하는 경우가 많았습니다. 독경 시각 장애인은 정초에 복을 빌어 주고, 집을 짓거나 고칠 때 재앙이 없기를 빌어 주었는데, 그 대가로 돈을 받거나 베나 양식 따위를 받았습니다. 조선 전기에는 명통시(明通寺)라는 집회소를 두고 달마다 초하루와 보름날에 한 번씩 모여 축수를 드렸는데, 나라에서 시각 장애인을 위해 세운 명통시는 가뭄 때 기우제를 지내는 일을 맡아보았습니다. 나라에서는 명통시에 건물과 곡식을 내주고 일을 거들 노비를 붙여 주었습니다.

다른 사람이 못 보는 것을 보는 점술가

조선 시대 시각 장애인은 대부분 점을 치는 것을 업으로 삼았습니다. 그들은 산통(算筒)과 점대를 지니고 지팡이를 짚고 길거리를 다니면서 '신수들 보시오!' 하고 외쳤는데, 점을 쳐 주고 양식을 받아 그것으로 먹고살았습니다. 조선 시대에는 점치는 일이 성행하여 좋지 않은 일이 생겼을 때나 미래의 일을 미리 알아보고 싶을 때에는 점술가를 불러 길흉을 물었습니다. 나라에서도 임금의 무덤을 쓰거나 왕비를 간택하는 큰일이 있을 때 점술가에게 물어보고 결정했습니다. 그 때문에 천문, 지리, 기후 관측 따위를 맡아보던 관상감(觀象監) 소속의 명과학(命課學)이란 관직에도 진출할 수 있었습니다.

눈 대신 귀가 밝은 악공

시각 장애인 가운데 일부는 궁중에서 연주하는 음악에 관한 일을 담당하던 장악원(掌樂院)이라는 관청에 소속되어 관악기와 현악기를 연주했습니다. 이들을 '관현맹인'이라 불렀습니다. 김홍도의 〈기로세련계도〉에서처럼 조선 시대 시각 장애인 악공들은 나라에서 벌이는 잔치에 불려 다니며 악기를 연주했고, 나라에서는 이들에게 벼슬과 녹봉을 줌으로써 자립할 수 있도록 도와주었습니다.

이처럼 조선 시대 시각 장애인은 다양한 직업을 가지고 자립적인 생활을 할 수도 있었지만, 뚜렷한 직업이 없고 가난한 시각 장애인들은 심 봉사처럼 구걸을 해서 먹고살았습니다. 조선 중기 이후에는 완고한 유학자들이 시각 장애인의 점복이나 독경을 비판하여 날이 갈수록 그들의 지위가 하락했을 뿐만 아니라 평민들까지도 그들을 비하하고 천시하게 되었습니다.

김준근의 〈맹인호점(盲人呼占)〉
맹인 점쟁이가 오른손에는 부채를 펼쳐 들고 왼손에는 대나무 지팡이를 짚고서 점을 보라고 사람들을 부르는 모습을 그린 그림.

김홍도의 〈기로세련계도(耆老世聯契圖)〉 일부분
순조 4년(1804) 개성 송악산 기슭의 만월대에서 있었던 경로잔치를 그린 그림.

넷

장 승상 댁 부인,
심청이를 부르다

세월이 흘러 어느덧 심청이가 열다섯 살이 되었다. 얼굴은
가을 달 같고, 효행은 뛰어났으며, 성격은 온화했고, 예의가
발랐다.

이처럼 하늘이 낸 아름다운 자질을 지녔으니 심청이를 따로 가르
칠 필요가 없었다. 여자 중의 군자요, 새 중의 봉황이라는 소문이
인근에 자자했다.

하루는 월평 무릉촌 장 승상 댁 몸종이 와서는 장 승상 댁 부인이
그 소문이 과연 사실인지 알고 싶으니 심청이를 데려오게 했다고
알렸다.

심청이가 부친에게 여쭈었다.

"어른이 부르시니 잠시 다녀올게요. 진지를 차려 두었으니 시장하시면 먼저 잡수셔요."

심청이가 몸종을 따라 장 승상 댁으로 건너가 대문 안에 들어서니 왼쪽의 벽오동에서는 맑은 이슬이 뚝뚝 떨어져 잠든 학을 놀래깨우는 듯하고, 오른쪽의 소나무에서는 맑은 바람이 문득 부니 늙은 용이 꿈틀거리는 듯했다.

중문 안에 들어서니, 창 앞에 심은 난초와 파초가 빼어난 속잎을 자랑하고 있었다. 높은 누각 앞 부용당에는 갈매기가 날고, 둥글넓적한 연잎이 무성했으며, 범나비는 쌍쌍, 금붕어는 둥둥 노닐고 있었다.

안중문을 들어서니 굉장히 큰 안채가 모습을 드러냈는데, 문과 창문에는 수를 놓아 꾸며 휘황찬란했다. 옷매무새가 단정하고 복이 많아 보이는 부인이 안채에서 나오더니 심청이를 보고는 손을 맞잡으며 반겨 주었다.

"네가 심청이냐? 과연 듣던 대로구나."

장 승상 댁 부인이 심청이에게 자리를 내주고 앉힌 뒤에 고단한 생활을 위로하고 자세히 살펴보니, 심청이는 하늘에서 내린 것처럼 미모가 빼어났다.

단정히 앉은 모습은 비 온 뒤에 맑은 강에서 목욕하고 나온 제비가 사람을 보고 놀란 듯, 환한 얼굴은 하늘에 돋은 달이 수면에 비친 듯, 살짝 뜬 눈은 새벽빛 맑은 하늘에 샛별이 빛나는 듯, 두 뺨

∞ 안중문(-中門) — 안뜰로 들어가는 문.

의 고운 빛은 연꽃이 새로 핀 듯, 아름다운 눈썹은 초승달의 정기
를 머금은 듯, 고운 머릿결은 갓 피어난 난초인 듯, 어여쁜 귀밑머
리는 매미 날개인 듯했다. 입을 열어 웃는 모습은 모란화가 하룻밤
비 기운에 피고자 벌어지는 듯했고, 흰 이를 열어 말을 하는 모습
은 농산의 앵무인 듯했다.

∞ 농산(隴山) — 중국의 지명으로, 송나라 고종이 농산에서 앵무 수백 마리를 구해 길렀는데 앵
무에게 고향에 가고 싶냐고 묻자 가고 싶다 대답하니 농산으로 돌려보냈다는 고사가 전한다.

장 승상 댁 부인이 칭찬하며 말했다.

"너는 네 전생을 모르느냐? 너는 분명 선녀였을 것이다. 네가 도화동으로 귀양을 왔으니 달나라 궁궐의 선녀가 벗을 한 명 잃었겠구나. 무릉촌에 내가 있고 도화동에 네가 났으니 무릉촌에 봄이 들고 도화동에 꽃이 피었구나. 너야말로 천지의 정기를 다 얻은 것 같으니 참으로 비범하구나. 내 말을 들어 보거라. 승상이 일찍 세상을 떠나고 아들 형제는 벼슬살이하러 떠나 곁에 아무도 없으니 재미가 없구나. 말벗할 사람 없이 적적한 빈방에서 대하는 것은 촛불이요, 보는 것은 옛 책뿐이로구나. 그런데 네 신세를 보면 양반의 후예가 이렇듯 가난하니 어찌 불쌍하지 않으냐? 내 수양딸로 오면 친자식 가르치듯 아녀자의 도리와 글공부를 가르쳐 말년의 재미를 보고 싶은데, 네 뜻은 어떠냐?"

심청이가 일어나 두 번 절하고 아뢰었다.

"제 운명이 기구하여 태어난 지 이레 만에 모친이 세상을 버리셨고, 눈 어두운 부친이 동냥젖을 얻어 먹여 겨우 살았나이다. 모친의 얼굴도 몰라 하늘에 사무치는 고통이 끊어질 날이 없었습니다. 부인께서 저를 미천하게 여기지 않으시고 수양딸로 삼으려 하시니, 모친을 다시 뵈온 듯 황송하고 감격하여 몸 둘 바를 모르겠나이다. 그런데 부인의 말씀을 따르면 제 몸은 귀해질 것이나 눈 먼 우리 부친 아침저녁 식사와 사철 의복은 누가 잇겠나이까. 누구나 부모의 은덕을 입지만, 저는 사정이 다릅니다. 저는 모친 몫까지 겸해 부친을 모시고, 우리 부친은 저를 아들처럼 믿습니다. 부친이 아니었으면 제가 지금까지 어떻게 살았을 것이며, 제가 없으면 우리 부친은 여생을 마칠 길이 없을 것입니다. 그러니 서로 의지하여 제 몸이 다할 때까지 부친을 모시려 합니다."

말을 마치자 심청이의 옥 같은 얼굴에 눈물이 맺히니 가랑비가 복숭아꽃에 맺혔다가 점점이 떨어지는 듯했다. 장 승상 댁 부인도 심청이를 불쌍히 여겨 등을 어루만져 주며 말했다.

"효녀로다, 효녀로다! 네 말이 옳다. 내가 늙고 망령이 나서 미처 거기까지 생각하지 못했구나."

어느덧 날이 저무니 심청이가 아뢰었다.

"부인의 착하신 덕을 입어 종일토록 모셨으니 영광이오나, 하루 가 다 지났으니 어서 돌아가 기다리시는 부친의 마음을 위로하려 고 합니다."

장 승상 댁 부인은 심청이를 붙잡지 못하는 마음에 아쉬워하며 비단이며 양식을 후하게 챙겨 몸종과 함께 보내면서 당부했다.

"부디 나를 잊지 말고 모녀간처럼 생각해 준다면 다행이겠구나."

심청이는 그러겠다고 답하며 공손히 인사를 하고는 바삐 집으로 돌아갔다.

심 봉사, 공양미 삼백 석을 시주하다

그때 심 봉사는 홀로 앉아 심청을 기다리고 있었다. 배가 고파 뱃가죽이 등에 붙고, 방은 추위 턱이 떨어져 나갈 정도였다. 새들은 둥지를 찾아 날아가고 멀리 있는 절에서 종소리가 들려오니 심 봉사가 날이 저문 줄을 짐작하고 혼잣말을 했다.

"내 딸 심청이는 무슨 일을 하느라 날이 저문 줄도 모르는고. 장 승상 댁 부인이 붙잡았는가, 돌아오는 길에 동무를 만났는가?"

지나가는 사람을 보고 개가 짖는 소리가 들려도, 떨어지는 낙엽이 눈바람에 섞여 창에 부딪혀도 행여 심청이가 오는 자취인가 하여 반겨 나섰으나 적막한 빈 뜰에는 인적이 없으니, 심청이를 보고픈 마음에 그만 속은 줄을 알았다.

기다리다 못한 심 봉사가 지팡이를 찾아 짚고 사립문을 나섰다가 그만 발을 헛디뎌 한 길이 넘는 개천으로 굴러떨어지고 말았다. 얼굴은 흙으로 덮이고, 옷은 차가운 얼음으로 흠뻑 젖어 빨리 빠져나오려 하였으나 그럴수록 미끄러져 도리어 더 깊이 빠졌다. 하릴없이 죽게 되어 소리를 힘껏 질렀으나 해는 지고 지나가는 사람은 없으니 누가 건져 주겠는가.

그런데 사람을 구해 주는 부처는 곳곳마다 있다 하지 않았는가. 그때 마침 몽운사 화주승이 절을 다시 지으려고 권선책을 둘러메고 내려왔다가 청산은 어둑어둑해지고 눈 위로 달이 돋아 절로 돌아가고 있었다. 그러던 차에 바람결에 슬픈 소리가 들려오는데, 사람 살리라는 소리였다. 화주승이 소리가 나는 곳을 찾아가 보니 사람 하나가 개천에 빠져 거의 죽게 된 것이었다. 화주승이 급한 마음에 대나무 지팡이를 바위에 되는 대로 던져 두고, 굴갓과 장삼을 벗어 던지고, 누비바지와 저고리를 거듬거듬 걷고 와르르르 달려들어 상투를 덥썩 잡아 건져 놓으니 전에 보던 심 봉사였다.

심 봉사가 겨우 정신을 차리고 물었다.

"게 뉘시오?"

"몽운사 화주승이오."

"그렇지, 사람 구한 부처로세. 죽을 사람 살려 주었으니 은혜는

∞ 화주승(化主僧) — 인가에 다니면서 사람들에게 불교에 대해 들려주어 믿게 하고, 시주를 받아 절의 양식을 대는 승려.

∞ 권선책(勸善冊) — 시주한 사람의 이름과 시주한 재물의 액수를 적은 책.

∞ 굴갓 — 모자 위를 둥글게 대로 만든 갓.

절대 잊지 않겠소이다."

　화주승이 심 봉사를 업고 가서 방에 앉히고 물에 빠진 까닭을 묻자 심 봉사가 신세를 한탄하며 앞뒤 사정을 빠짐없이 말하니 화주승이 대답했다.

　"참으로 딱하오. 우리 절의 부처님은 영험이 많으셔서 빌어서 안되는 일이 없고 구하면 꼭 응해 주시오. 공양미 삼백 석을 올리고 지성으로 불공을 드리면 눈을 떠서 천지 만물을 보게 될 것이오."

　심 봉사가 자기 처지는 생각하지 않고 눈 뜬다는 말에 혹해 그만 약속을 해버렸다.

∞ 석(石) — 곡식, 가루, 액체 따위의 부피를 잴 때 쓰는 단위로, 한 석은 180리터 정도 된다.

"그러면 삼백 석을 시주하겠소."

"허허, 여보시오, 댁의 형편에 삼백 석을 무슨 수로 시주하겠소?"

"여보시오, 어느 놈이 부처님께 빈말을 하겠소. 눈을 뜨려다 벌을 받아 앉은뱅이 되겠소. 왜 그리 사람을 업신여기는고. 염려 말고 권선책에 적으시오!"

그러자 화주승이 권선책을 펼치더니 '심학규 백미 삼백 석'이라 적고는 절로 돌아갔다.

화주승을 보낸 심 봉사가 그제야 정신을 차리고 곰곰이 생각했다.

'시주 쌀 삼백 석을 낼 길이 없어 복을 빌려다가 도리어 죄를 얻을 것이니 이 일을 어이하리!'

그러자 이 설움, 저 설움, 묵은 설움, 새 설움이 동무 지어 일어나니 견디지 못해 울음을 터뜨렸다.

애고애고, 내 팔자야! 망령되구나, 내 일이야!

하늘은 공평하건마는

왜 나는 봉사가 되어 집안은 가난하고,

해와 달같이 밝은 것도 보지 못하고,

부모처자 얼굴도 보지 못하는가!

우리 마누라가 살았으면

아침저녁 근심이 없을 것을,

딸자식을 내보내 품을 팔고 밥을 빌게 하여

근근이 입에 풀칠하는 중에 쌀 삼백 석을 시주하겠다

큰소리쳤으니 백 가지로 생각한들 대책이 없구나!

단지를 기울여 봐도 한 되 곡식이 어디 있으며,

장롱 속을 뒤져 봐도 한 푼 돈이 어디 있으랴.

한 간 집을 팔자 한들 비바람을 못 피하니 살 사람이 누가 있으며,

내 몸을 팔자 해도 아무짝에도 쓸모없으니 나라도 사지 않으리라.

어떤 사람은 팔자 좋아

눈과 귀가 완전하고 손발이 다 갖춰져

부부가 함께 늙고 자손이 집에 가득하며

곡식이 넉넉하고 재물이 넘쳐서

써도 없어지지 않아 괴로운 것이 없건마는

애고애고, 내 팔자야! 나 같은 이가 또 있는가.

앉은뱅이나 곱사등이가 서럽다 한들 부모처자를 바로 보고,

말 못하는 벙어리가 서럽다 한들 천지 만물을 볼 수 있구나.

이렇게 한참을 탄식할 때 심청이가 그 모습을 보고 깜짝 놀라 발을 구르고 온몸을 두루 만지며 말했다.

"아버지, 이게 웬일이오? 저를 찾아 나오시다가 이런 욕을 보셨나요? 이웃집에 가셨다가 이런 봉변을 당하셨나요? 춥기는 오죽 추우며, 분하기는 오죽 분하셨겠어요. 승상 댁 노부인이 저를 붙드시는 바람에 이렇게 늦었어요."

그리고는 승상 댁 몸종을 불러,

"부엌에 있는 나무로 불을 많이 넣어 주시오."

하고 부탁하더니 치마폭을 거듬거듬 걷어잡고 눈물 흔적을 없애면서 바삐 밥을 지어 왔다.

"아버지, 더운 진지 차려 왔으니 국부터 먼저 잡수셔요."

심청이가 심 봉사의 손을 끌어다 권하는데, 심 봉사는 얼굴 가득

근심이 어려 밥 먹을 생각이 전혀 없었다.

　"아버지, 웬일이셔요? 어디가 아파서 그러세요? 더디 왔다고 이렇듯 노하셨어요?"

　"아니다, 너는 알 것 없다."

　"아버지, 그게 무슨 말씀이세요? 아버지와 저 사이에 무슨 허물이 있겠어요. 아버지는 저를 믿고 저는 아버지를 믿어 여태껏 집안

일을 의논했는데, 무슨 일인지 알 필요 없다 하시니 제 아무리 불효한 자식이라 해도 섭섭합니다."

심 봉사가 그제야 말문을 열었다.

"내가 너를 속이겠느냐마는 내 말을 듣고 나면 분명 걱정할 게 뻔해 말하지 못했구나. 아까 너를 기다리다가 저물도록 오지 않기에 갑갑해서 너를 맞으러 나갔다가 개천에 빠져서 거의 죽게 되었더란다. 뜻밖에 몽운사 화주승이 나를 건져 주고 하는 말이 공양미 삼백 석을 시주하면 생전에 눈을 뜨게 될 것이라 하더구나. 홧김에 그러겠노라 하고서는 생각해 보니 돈 한 푼이 없는데 삼백 석이 어디서 난단 말이냐!"

그 말을 들은 심청이가 심 봉사를 위로했다.

"아버지, 걱정 마시고 진지나 잡수세요. 아버지가 눈을 떠서 천지만물을 보실 것 같으면 어떻게든 공양미 삼백 석을 준비하여 몽운사로 올리겠어요."

"네가 아무리 애를 쓴들 가난한 형편에 어찌 그럴 수가 있겠느냐?"

"중국의 효자 왕상은 계모가 물고기를 먹고 싶다고 하자 얼음을 깨 잉어를 잡았고, 곽거는 부모님께 차려 드린 반찬을 제 자식이 먹자 자식을 산 채로 묻으려 했는데, 그 구덩이에서 금항아리가 나와 그것으로 부모를 봉양했답니다. 저는 어버이를 섬기는 효성이 옛사람만은 못하지만 지성이면 감천이라 하니 공양미 삼백 석은 자연히 얻을 수 있을 것이어요. 그러니 너무 근심하지 마세요."

심청이는 갖은 말로 위로하고 그날부터 부정을 타지 않도록 깨끗이 목욕하고 몸가짐을 단정히 하며, 머리를 자른 뒤 집을 청소하고 후원에 단을 쌓아 깊은 밤에 사방이 고요해지면 등불을 밝게 켜고

정화수를 한 그릇 떠 놓고는 북쪽을 향해 빌었다.

"모월 모일에 심청이는 삼가 두 번 절하고 아룁니다. 하늘과 땅, 해와 달, 땅의 여신 후토부인, 성황님, 동서남북과 중앙의 다섯 방향에 내려오신 신, 물의 신 하백님, 석가여래님 모두 차례로 굽어 보옵소서. 하느님이 둔 해와 달은 사람의 눈이라, 해와 달이 없으면 어찌 사물을 구별할 수 있겠나이까. 제 아비는 서른이 되기도 전에 눈이 멀어 사물을 보지 못합니다. 아비 허물을 제 몸으로 대신하려고 하니 아비 눈을 밝혀 주옵소서."

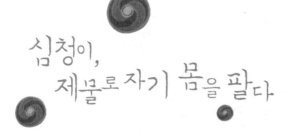

심청이,
제물로 자기 몸을 팔다

하루는 뱃사람들이 십오 세 처녀를 사려 한다는 말이 들려
왔다. 심청이가 그 말을 듣고 귀덕 어미에게 사람을 사려는
곡절을 물어보게 했다.

"우리는 남경에서 장사하는 뱃사람들인데, 인당수를 지나갈 때
처녀를 바쳐 제사를 지내면 험한 바다를 무사히 건너가 수십만 금
의 이익을 낼 수 있으니 몸을 팔겠다는 처녀가 있으면 값을 아끼지
않고 준다오."

심청이가 뱃사람들의 말을 반겨 듣고 이렇게 말했다.

"저는 이 고을 사람으로 우리 부친이 눈이 멀어 앞을 보지 못하는
데, 공양미 삼백 석을 바치고 지성으로 부처님께 불공을 드리면 눈

이 떨질 것이라고 합니다. 그러나 집안이 가난하여 도저히 공양미를 구할 길이 없어 제 몸을 팔고자 하니 저를 사 가는 것이 어떠합니까?"

그 말을 들은 뱃사람들은 심청이의 효성에 감동하여 그 자리에서 바로 쌀 삼백 석을 몽운사로 보내고 다음 달 보름날에 배를 띄운다 일러 주고는 돌아갔다.

심청이는 심 봉사에게 이렇게만 아뢰었다.

"아버지, 공양미 삼백 석을 몽운사로 보냈으니 이제 근심하지 마세요."

심 봉사가 깜짝 놀라 말했다.

"너, 그 말이 웬 말이냐?"

심청이처럼 하늘이 낸 효녀가 어찌 아버지를 속이겠는가마는 솔직히 말할 수 있는 형편이 아니라서 거짓말로 대답했다.

"지난번에 장 승상 댁 노부인이 저를 수양딸로 삼으려 하셨는데, 그때는 사양했었지요. 그런데 지금 형편으로는 공양미 삼백 석을 마련할 길이 없어 노부인께 아뢰었답니다. 그랬더니 선뜻 쌀 삼백 석을 내주셨고, 저는 수양딸로 가게 되었어요."

"그렇다면 잘되었구나. 그분은 재상의 부인이라 재산이 많을 것이다. 그리고 아들 삼 형제가 다 벼슬길에 나갔다 하더구나. 그러나 양반의 자손인 네가 몸을 팔았다는 말이 참으로 괴이하구나. 그래도 장 승상 댁 수양딸로 팔린 것이니 별일이 있겠느냐. 그래, 언제 가느냐?"

"다음 달 보름에 데려간다 하더이다."

"아, 그것 참 잘됐구나."

심청이는 눈먼 아버지와 영원히 이별할 일을 생각하니 정신이 아득해지고 일손도 잡히지 않아 음식을 먹지 못하고 근심으로 지냈다. 그러다가 배 떠날 날이 점점 가까워지니 이미 엎질러진 물이요, 쏘아 버린 화살이라고 마음을 다잡았다.

'이렇게 있으면 안 되겠다. 살아 있을 때 아버지 옷을 빨아 놓기나 해야겠다.'

그리하여 봄가을에 입을 옷은 겹옷으로 만들어 놓고, 여름에 입을 홑바지는 촘촘히 꿰매 다려 놓고, 겨울에 입을 옷은 솜을 두어 누벼 놓고, 망건과 갓도 손질해 두었다.

시간은 흘러 어느덧 배 떠날 날이 내일로 다가왔다. 밤은 적막하고 깊은데 은하수는 기울어져 있었다. 촛불 앞에 무릎을 꿇고 앉아 머리를 숙이고 한숨을 길게 쉬니 아무리 효녀라도 마음이 온전하겠는가. 심청이가 아버지 버선이나 마저 지으리라 마음먹고 바늘에 실을 꿰는데, 가슴이 답답하고 두 눈이 침침하며 정신이 아득해 끝없는 울음이 속으로부터 솟아났다. 아버지가 깰까 봐 크게 울지도 못하고 꺽꺽 오열하며 아버지 얼굴에 손도 대 보고 손발도 만져 보며 말했다.

"아버지 뵙는 것도 이제 마지막인데, 내가 죽으면 누구를 믿고 사실까. 애달프구나, 우리 아버지! 내가 철이 든 뒤로는 밥을 빌러 다니지 않으셨는데, 내일부터는 동네 걸인이 되어 눈치는 오죽 보며, 멸시는 오죽 받을까. 험한 팔자를 타고나 태어난 지 이레도 못 되어 어머니가 돌아가시고 이제는 아버지와 이별하니, 이런 일이 또 있을까. 살아서 당한 이별이야 소식을 알 날이 있고 얼굴을 마주할 날이 있지만, 우리 부녀의 이별이야 어느 날에 소식을 알며 어느 때에 얼굴을 마주할까! 돌아가신 우리 어머니 황천에 가 계시고 나는 이제 죽으면 수궁으로 갈 것이니, 수궁에서 황천 가는 길이 몇만 리나 되는고. 만난다 한들 어머니가 나를 어찌 알아볼 것이며, 내가 어찌 어머니를 알아보랴? 어머니 계신 곳을 묻고 물어 찾아가서 서로 만나는 날에는 분명 아버지 소식을 물으실 텐데 뭐라 대답할까. 오늘 밤 지는 달을 함지에 붙잡아 두고 내일 아침 돋는 해를 부상에 붙들어 두면 불쌍한 우리 아버지 잠시라도 더 모시련만, 가는 시간을 누가 막을 수 있을까. 애고애고, 서럽구나!"

심청이의 마음은 그러하나 천지는 사정을 봐주지 않으니 야속하게도 날이 밝아 오고 닭이 울었다.

닭아, 닭아, 울지 마라. 제발 울지 마라. 나는 진나라 함곡관의 맹상군이 아니란다. 네가 울면 날이 새고, 날이 새면 내가 죽는다. 죽는 것은 서럽지 않으나 의지할 데 없는 우리 아버지를 어찌 두고 간단 말이냐.

어느덧 동쪽 하늘이 밝아 오니 심청이가 아버지께 마지막으로 진지나 지어 드리려고 문을 열고 나섰다. 그런데 사립문 밖에는 벌써

∞ 겹옷 ─ 솜을 두지 않고 거죽과 안을 맞붙여 지은 옷.
∞ 함지(咸池) ─ 해가 진다고 하는 서쪽의 큰 못.
∞ 부상(扶桑) ─ 중국 전설에서 해가 뜨는 동쪽 바닷속에 있다는 상상의 나무가 있는 곳.
∞ 맹상군(孟嘗君) ─ 중국 전국 시대 제나라의 재상. 진나라에 갔다가 죽을 위기를 당했으나 우여곡절 끝에 빠져나와 한밤중에 진나라의 관문인 함곡관에 이르렀는데, 일행 가운데 닭 울음소리를 잘 내는 이가 소리를 내어 근처의 닭들이 모두 따라 울자 문지기가 닭이 울면 관문을 여는 규정에 따라 문을 열어 주어 빠져나갔다는 이야기로 유명하다.

뱃사람들이 와 있었다.

"오늘이 배 떠나는 날이니 쉬이 가게 하오."

심청이가 그 말을 듣고 정신이 어질하여 얼굴빛이 창백해지더니 목멘 소리로 뱃사람들을 겨우 불러 말했다.

"여보시오, 뱃사공님네! 오늘이 배 떠나는 날인 줄은 알고 있지만, 우리 부친은 내 몸이 팔린 줄 아직 모르십니다. 우리 부친이 이 사실을 아시면 난처하게 될 것이니 잠깐만 기다려 주시오. 부친께 마지막으로 진지나 지어 드려 잡수시게 한 뒤에 인사를 드리고 떠나겠나이다."

뱃사람들이 그러라고 하자, 심청이는 눈물로 밥을 지어 아버지께 올렸다. 그리고는 밥상머리에 앉아 아무쪼록 많이 잡수시게 하려고 자반도 떼어 입에 넣어 드리고 김쌈도 싸서 숟가락에 올려놓으니, 사정을 모르는 심 봉사가 기쁜 얼굴로 말했다.

"오늘은 반찬이 아주 좋구나. 뉘 집에서 제사를 지냈느냐? 그런데 이상한 일도 다 있구나. 간밤에 꿈을 꾸니 네가 큰 수레를 타고 한없이 멀리 가더구나. 수레라 하는 것이 귀한 사람이 타는 것이라 우리 집에 무슨 좋은 일이 있으려나 보다. 장 승상 댁에서 너를 가마에 태워 데려가려나."

심청이는 저 죽을 꿈인 줄을 짐작하였으나 거짓말을 했다.

"아버지, 그 꿈이 좋습니다."

심청이가 진짓상을 물리고 담배에 불을 붙여 올린 뒤에 그 밥상을 놓고 먹으려 하니 간장이 끊어져 눈물이 솟아나고, 저 죽고 난 뒤의 아버지 신세를 생각하니 정신이 아득하고 몸이 떨려 밥을 먹지 못하고 상을 물렸다. 그리고는 사당으로 가서 하직 인사를 올렸다.

"불초 소녀 심청이는 아비 눈을 뜨게 하려고 인당수 제물로 팔려 갑니다. 이 때문에 조상님 제사가 끊기게 되었으나 기리는 마음은 잊지 않겠나이다."

이처럼 울며 하직하고 사당을 나온 뒤에 아버지에게 가서 두 손을 부여잡고 부들부들 떠니 심 봉사가 깜짝 놀라 말했다.

"아가, 아가! 무슨 일이냐? 정신을 차리고 말해 보아라."

"못난 딸자식이 아버지를 속였어요. 공양미 삼백 석을 누가 제게 주겠어요? 뱃사람들에게 인당수 제물로 몸을 팔았는데, 오늘이 떠나는 날이니 이제 저를 보시는 것도 마지막이에요, 아버지!"

"참말이냐, 참말이냐? 애고애고, 이게 웬 말이냐! 못 간다, 못 간다. 내게 묻지도 않고 네 마음대로 했단 말이냐? 네가 살고 내가 눈 뜨면 그것은 마땅한 일이지만, 자식을 죽여 눈을 뜨는 것은 그게 차마 할 일이냐. 네 모친 죽은 뒤에 눈 어두운 늙은것이 너를 안고 이 집 저 집 다니면서 구차하게 동냥젖을 얻어 먹여 이만큼 키웠는데, 이게 무슨 말이냐. 마라, 마라! 가지 마라! 아내 죽고 자식 잃고 내 살아 무엇하겠느냐? 너하고 나하고 함께 죽자. 눈을 팔아 너를 사도 모자랄 판에 너를 팔아 눈을 뜬들 무엇을 보겠느냐? 무슨 놈의 팔자기에 사궁에서 으뜸이 되었단 말이냐!"

심 봉사는 이번에는 뱃사람들에게 소리를 쳤다.

"네, 이 상놈들아! 장사도 좋지만 사람을 죽여 제사하는 것을 어디서 보았느냐? 어찌 천벌이 없겠느냐? 눈먼 놈의 무남독녀, 철모르는 어린아이를 꾀어 돈을 주고 산단 말이냐! 돈도 싫고, 쌀도 싫다. 네, 이 상놈들아! 칠 년 큰 가뭄에 사람을 제물로 바쳐 빌라고 하니 탕임금이 '내가 지금 사람을 위해 빌고 있는데, 사람을 죽여

서 한다면 내 몸으로 대신하리라.' 하시고, 몸소 제물이 되어 빌었더니 큰비가 내렸다는 옛일도 모르느냐. 그런 일도 있었으니 내가 대신 가는 게 어떠하냐? 여보시오, 동네 사람들아! 저런 놈들을 그냥 내버려두오?"

심청이가 심 봉사를 붙들고 울며 위로했다.

"아버지, 이제 할 수 없어요. 저는 죽을 몸이지만, 아버지는 눈을 떠 밝은 천지를 보시고 착한 분을 찾으셔서 아들 낳고 딸을 낳아 이 못난 딸자식은 생각하지 마시고 오래도록 평안히 계세요. 이 또한 하늘의 운명이니 뒤늦게 후회한들 어쩌겠어요?"

뱃사람들은 심청이와 심 봉사의 애끊는 이별을 지켜보았는데, 그 가운데 우두머리가 이렇게 말했다.

"심 소저의 효성과 심 봉사의 처지를 봐서 봉사님이 굶지 않고 헐 벗지 않게 한 살림 장만해 주는 것이 어떻겠소?"

모두 그 말이 옳다며 쌀 이백 석과 돈 삼백 냥에 무명과 삼베를 한 동씩 마을에 들여놓고 동네 사람들을 불러 말했다.

"이 쌀과 돈을 근실한 사람에게 맡겨 심 봉사를 봉양하게 하고, 우선 쌀 이십 석을 올해 양식으로 제하고 나머지는 해마다 빚을 주어 이자를 받으면 먹을 걱정은 하지 않아도 될 것이고, 무명과 삼베로는 사철 입을 옷을 장만해 주시오."

그때 무릉촌 장 승상 댁 부인이 뒤늦게 소식을 듣고 급히 몸종을

∞ 사궁(四窮) — '네 가지 궁한 처지'라는 뜻으로, 늙은 홀아비와 늙은 홀어미, 부모 없는 어린이, 자식 없는 늙은이를 가리킨다.

보내 심청이를 데리러 왔다. 심청이가 뱃사람들의 허락을 받고 몸
종을 따라 무릉촌으로 가니 장 승상 댁 부인이 문밖으로 뛰쳐나와
심청이의 손을 잡고 울었다.

"이 무심한 사람아! 나는 너를 자식으로 알았더니, 너는 나를 어
미로 여기지 않았구나. 쌀 삼백 석에 몸을 팔고 죽으러 간다 하니
효성이 지극하다마는 네가 살아서 봉양하는 것만 같겠느냐! 나와
의논했더라면 내 진작에 주었을 것을……. 삼백 석을 지금 당장 내
줄 테니 뱃사람들에게 도로 주고 쓸데없는 생각은 다시 하지 마라."

"당초에 말씀 드리지 못한 것을 이제 와서 후회한들 어쩌겠습니
까? 부모를 위해 정성을 들일 것 같으면 다른 사람의 재물을 어찌
바라며, 쌀 삼백 석을 도로 내주면 뱃사람들이 낭패를 볼 것이니
그 또한 못할 일입니다. 그리고 약속을 어기는 것은 소인들이나 할

일입니다. 쌀 삼백 석을 받은 지가 몇 달이나 되었는데, 어찌 낯을 들고 다른 말을 하겠습니까? 부인의 하늘 같으신 은혜와 어지신 말씀은 저승에 가더라도 잊지 않겠습니다."

심청이가 흘린 눈물이 옷깃을 적시니 장 승상 댁 부인은 더 말리지 못했으나 잡은 손을 놓지 않았다. 그러자 심청이가 울면서 아뢰었다.

"부인은 전생에 저의 부모셨으니 어느 날에 다시 모시겠습니까? 글 한 수를 지어 정을 표하니 보시면 아실 것입니다."

장 승상 댁 부인이 종이와 붓을 내주자 심청이가 붓을 들고 한 자한 자 쓰는데, 눈물이 비가 되어 점점이 떨어지니 송이송이 꽃이되어 그림 족자가 완성되었다. 중간마루에 걸고 보니 그 글은 이러했다.

사람이 나고 죽는 것은 한바탕 꿈이니
정에 이끌려 꼭 눈물을 흘려야 할까마는,
세상에서 가장 간장이 끊어지게 하는 일이 있으니
초록빛 강남에 사람이 돌아오지 않는 것이로다.

장 승상 댁 부인이 심청이의 글을 칭찬했다.
"과연 너는 세상 사람이 아니로구나. 글을 보니 진실로 선녀로
다! 인간 세상에서 인연이 다해 옥황상제가 부르신 것이니 어찌 피
할 수 있겠느냐? 나도 시를 한 수 지어 보마."

난데없는 비바람이 어둔 밤에 불어오니
어여쁜 꽃 날려 보내 뉘 집 문에 떨어뜨렸나.
귀양 온 인간 세상 하늘이 정하셔서
저 아비와 자식으로 하여금 정을 끊게 하는구나.

심청이가 그 글을 가슴에 품고 눈물로 이별하니 차마 볼 수 없는
광경이었다. 집으로 돌아간 심청이 하직 인사를 올리니 심 봉사가
펄쩍 뛰며 붙들었다.
"네가 날 죽이고 가면 가지 그냥은 못 간다. 날 데리고 가라. 너
혼자는 못 간다!"
"부모와 자식의 인연을 끊고 싶어 끊으며, 죽고 싶어 죽겠어요?
제 운수가 불길해 재앙을 당하게 되어 있고, 삶과 죽음이 때가 있
어 하늘이 그렇게 정하신 것이니 한탄한다 한들 무슨 수가 있겠어
요? 인정으로 할 것 같으면 떠날 날이 없을 거예요."

심청이가 동네 사람들에게 아버지를 돌봐 달라 부탁하고 뱃사람들을 따라가는데, 비 같은 눈물이 흘러 옷을 적시며 한바탕 통곡을 하니, 동네 사람들이 남녀노소 할 것 없이 눈이 붓도록 서로 붙들고 울었다. 이에 심청이가 이별하며 말했다.

아무개네 큰아가, 이제 누구와 바느질을 하고 수를 놓으려느냐? 작년 오월 단옷날에 그네 뛰며 놀던 일이 너도 생각나느냐? 아무개네 작은아가, 금년 칠월 칠석날 밤에 함께 바느질 시합을 하자더니 허사가 되고 말았구나. 언제나 다시 보랴? 너희들은 팔자가 좋으니 부모님 모시고 잘 있거라.

효자와 효녀 이야기

우리나라와 중국에서는 '효(孝)'를 중요한 가치 덕목으로 보았습니다.
특히 조선 시대에는 나라와 임금에 정성을 다하는
'충(忠)'을 더해 충효 사상을 백성을 가르치고 이끄는 준칙으로 삼았습니다.
조선 왕조는 충효 사상을 백성들에게 알리고
고취시키기 위해 노력했는데,
세종 13년(1431)에 『삼강행실도(三綱行實圖)』를
편찬한 것도 그러한 노력 가운데 하나였습니다.
『삼강행실도』는 우리나라와 중국의 충신과 효자,
열녀를 각각 35명씩 뽑아 그들의 행적을 그림과 글로 칭찬한 것입니다.
중종 때의 『이륜행실도(二倫行實圖)』,
광해군 때의 『동국신속삼강행실도(東國新續三綱行實圖)』,
정조 때의 『오륜행실도(伍倫行實圖)』 같은 책도 마찬가지입니다.
이 책들의 공통점은 효자, 충신, 열녀의
순서로 되어 있다는 것으로,
'효'가 근본적인 규범으로
인식되었다는 것을 알게 해 줍니다.

효도,
어디까지
해 봤니?

효제문자도(孝悌文字圖)
문자도는 문자와 그림을 결합시켜 그린 그림을 말합니다. 효제문자도는 효도, 우애, 충절, 신의, 예절, 의리, 청렴, 부끄러움을 의미하는 여덟 글자를 사용한 문자도로, 이 그림은 효(孝) 자 문자도입니다.

『삼강행실도』가 조선 시대 사람들에게 끼친 영향은 엄청나서 '충'과 '효'는 함부로 어길 수 없는 신성한 윤리로 머릿속에 새겨졌고, 『삼강행실도』에 나오는 사람들을 따라 병든 부모를 위해 손가락을 잘라 피를 부모의 입에 흘려 넣거나 허벅지 살을 베어 내어 삶아 먹이는 사람도 있었습니다. 그렇게한다고 해서 큰 효과가 있는 것은 아니었지만, 나라에서는 그런 사람들을 '효자'니 '효부'니 하며 추켜세웠습니다. 사회 분위기가 그렇다 보니 부모님이 위독할 때 손가락을 자르거나해서 효심을 보이지 못하면 죄책감에 시달리거나 이웃 사람들의 지탄을 받아야 했습니다.

『삼강행실도』

'효'의 윤리가 가족을 결속시키고 사회 풍속을 순화시키는 데 기여한 것은 사실이지만, 형식적이고 관습적으로 변하면서 개인과 사회를 얽매는 부정적 역할을 한 것도 분명한 사실입니다. 그러므로 '효'의 본질이 과연 무엇인지 되새겨 볼 필요가 있습니다.

'과유불급(過猶不及)'이라는 말이 있습니다. 정도를 지나친 것은 모자란 것과 같다는 뜻인데, 심청이가 몸을 던져 인당수에 빠진 것은 죽음을 각오한 효도였습니다. 심봉사는 그런 효녀를 두어 기뻤을까요? 효자와 효녀 이야기를 듣다 보면 꼭 저렇게까지 해야 효도하는 것일까 하는 의문이 드는 것도 있습니다. 다리 살을 베어 아버지를 먹인 향득이나 어머니를 위해 자식을 죽이려 했던 손순의 이야기가 그런 것이지요.

지극한 효도에 관한 이야기에 빠지지 않는 것이 바로 자신의 손가락에 상처를 내고 피로 부모님의 목숨을 살린다는 내용입니다. 좀 더 끔찍한 경우는 자신의 살을 베어내고 그것을 죽어 가는 부모님께 먹여 살아나게 했다는 이야기도 있습니다.

다리 살을 베어 아버지를 먹인 향득이

『삼국유사』에 다음과 같은 이야기가 전합니다. 신라 경덕왕 때 향득이라는 사람이 있었습니다. 흉년이 들어 아버지가 굶어 죽게 되자 향득이는 자신의 다리 살을 베어 아버지를 먹였습니다. 고을 사람들이 그 사실을 임금에게 아뢰자 경덕왕은 곡식을 상으로 주었습니다.

그런데 효를 중시했던 조선 시대에도 과연 이런 일까지도 진정한 효도라고 할 수 있는지 논란이 되었던 모양입니다. 대개 결론은 그런 행동은 결코 진정한 효도가 될 수 없다는 것이었는데, 조선 후기의 실학자 정약용은 자신의 문집에 이런 글을 남겼습니다.

"신체와 모발은 부모님에게서 물려받은 것이니 감히 손상시켜서는 안 된다. 부모님이 아무리 위독한 병에 걸렸다 하더라도 자식의 몸을 해치면서까지 병을 고치고 싶겠는가. 인육을 먹는 것은 백성들의 어리석은 생각일 뿐이다."

『동국신속삼강행실도』의 이보할지도(李甫割指圖) 일부분
이보가 아버지의 병 때문에 고심하던 중 꿈에 어떤 승려가 산 사람의 뼈를 먹으면 낫는다고 하자, 꿈
에서 깬 이보가 손가락을 베어 약을 만들어 드리니 아버지의 병이 나았다는 내용의 그림입니다.

다음은 자식을 희생시켜 부모님께 효도한 이야기입니다. 손순처럼 부모를 봉양하기
위해 자기 자식을 희생시키는 것은 현실적으로 있을 법하지 않고 윤리적으로도 문제
가 되지만, 지극한 효심만큼은 감동을 줍니다.

아이를 땅에 묻어 버리려 한 손순

신라 흥덕왕 때 손순이라는 사람이 아내와 함께 품을 팔아 홀어머니를 모
시고 살았습니다. 손순은 어린 자식이 어머니가 드실 음식을 빼앗아 먹는
것을 보고 아내에게 자식은 다시 얻을 수 있으나 어머니는 다시 얻을 수
없다며 아이를 묻어 버리자고 했습니다. 그러면 어머니가 배불리 드실 수
있을 것이라 생각한 것이지요.
손순은 산으로 가서 아이를 묻을 땅을 팠는데, 그곳에서 돌로 만든 종이
나왔습니다. 그러자 손순의 아내가 아이 때문에 기이한 물건을 얻게 되었
으니 아이를 묻어서는 안 된다고 하였습니다. 손순은 아내의 말이 옳다고
여겨 다시 아이를 업고 종을 가지고 집으로 돌아왔습니다.
손순이 종을 들보에 매달고 치니 소리가 맑고 멀리 나가 흥덕왕이 듣게 되
었는데, 종에 얽힌 사연을 전해 들은 흥덕왕은 손순을 칭찬하고 큰 상을
내렸습니다.

『동국신속삼강행실도』의 이씨단지도(李氏斷指圖) 일부분

정성을 다해 시부모님을 모시던 이씨는 지아비의 병이 깊어지자 자신의 손가락을 베어 피를 먹였는데, 그 때문에 지아비가 살아나게 되었다는 내용의 그림입니다.

자식을 삶아 어머니를 먹인 부부

옛날에 어느 부부가 홀어머니를 모시고 어린 자식과 함께 살고 있었는데, 어머니가 이름 모를 병에 걸려 시름시름 앓았습니다.

하루는 스님이 와서 시주를 청하자 부부는 가난한 살림이었지만 집에 있는 곡식을 다 주었습니다. 스님이 부부에게 집에 우환이 있는 것 같다고 하자, 부부는 병에 걸린 어머니 사정을 이야기했습니다.

그러자 스님은 방도가 있다 하며 머뭇거리다가 네댓 살 먹은 아이를 삶은 물을 먹으면 나을 것이라고 했습니다. 부부는 자식이 다섯 살이니 딱 맞는 나이라 하고 눈물을 머금고 자식을 솥에 넣고 삶아 그 물을 어머니께 드려드시게 했습니다. 그러자 스님이 말한 대로 어머니는 금방 나았습니다. 그때 밖에서 아이 소리가 들려와 부부가 쳐다보니 아이는 서당에 다녀오는 길이라 했습니다. 부부가 깜짝 놀라 솥을 보니 솥에는 어린아이 모양처럼 생긴 산삼이 들어 있었습니다.

손순이나 자식을 삶아 어머니를 먹인 부부는 당시에는 분명 효자요 효부로 불렸을 것입니다. 그러나 어떤 행위를 효도라고 일컫는가는 시대와 장소에 따라 달라질 수 있습니다. 정말 중요한 것은 부모님을 애틋하게 생각하는 마음가짐 아닐까요?

심청이, 인당수에 빠져 용궁에 가다

하늘도 심청이의 마음을 아셨는지 밝은 해는 간데없고 짙은 구름만 자욱했다. 푸른 산은 슬픔에 젖은 듯하고, 강물도 오열하는 듯하며, 흐드러져 곱던 꽃은 시들어 제빛을 잃은 듯했다. 하늘거리던 버들가지는 기운을 잃은 듯 휘늘어졌으며, 봄철의 새는 정이 많은 듯 실컷 울었다. 저 꾀꼬리는 누구와 이별하였기에 저리 슬픈 소리로 우는가. 뜻밖에도 두견새는 피가 나도록 우는구나. 주인 없는 산에 달만 휘영청 밝은데 진정으로 울며 애끓는 소리를 내는가. 네 아무리 가지 말라며 울어도 값을 받고 팔린 몸 어찌 다시 돌아올까. 바람에 날린 꽃이 옥 같은 얼굴에 부딪히니 심청이가 꽃을 들고 바라보며 말했다.

"봄바람이 사람의 뜻을 모른다면 무슨 까닭으로 지는 꽃을 불어 보냈을꼬? 송나라 무제 수양 공주는 매화로 곱게 단장했다지만 죽으러 가는 이내 몸은 누구를 위해 단장할꼬? 봄 산에 지는 꽃이 지고 싶어 지랴마는 어쩔 수 없어 그런 것이니 누구를 원망하고 누구를 탓할꼬?"

한 걸음에 돌아보며 두 걸음에 눈물짓고 강어귀에 다다르니 뱃사람들이 심청이를 인도해 배에 태우고는 닻을 올리고 돛을 달아 떠날 채비를 서둘렀다.

"어기야, 어기야! 어기양, 어기양!"

뱃사람들이 북을 둥둥 울리고 뱃노래를 부르며 노를 젓자 배가 바다 가운데로 나아갔다. 끝없는 푸른 바다에 넘실넘실 물결이 이는데, 물가의 갈매기는 붉은 여뀌가 있는 언덕에 날아들고 멀리 삼강에 갔던 기러기는 한수로 돌아들었다. 아득히 들리는 물소리는 어부의 피리 소리 같은데 곡이 끝나니 사람은 보이지 않고 산봉우리만 푸르렀다. 노질하는 소리 속에 온갖 시름 배어 있다는 것은 나를 두고 이르는 말이라. 장사 땅을 지나갈 때 가의는 간 곳이 없고 멱라수를 바라보니 물에 빠져 물고기 밥이 된 굴원의 충성된 넋이 끝도 없구나. 황학루는 "날은 저물었는데 고향은 어디인가, 안

∞ 수양 공주는 ~ 단장했다지만 ─ 중국 송나라 무제의 딸 수양 공주의 이마에 어느 날 매화가 떨어졌는데 사람들이 아름답다고 한 데서 유래한 말이다.

∞ 가의는 ~ 끝도 없구나 ─ 가의(賈誼)는 중국 전한 시대의 인물이고, 굴원(屈原)은 중국 전국 시대 초나라의 인물이다. 가의는 황제의 총애를 받았으나 다른 관리들의 모함을 받아 좌천되었고, 굴원도 모함을 받아 자신의 뜻을 펼 수 없게 되자 멱라수에 빠져 죽었다.

개에 잠긴 물결에 시름겹네."라고 한 최호의 유적이요, 봉황대는 "세 산은 반쯤이나 하늘 밖으로 솟아 있고, 두 물은 중간에 갈려 백로주가 되었네."라고 한 이태백이 놀던 데요, 심양강에 당도하니 백낙천은 어디 가고 비파 소리는 끊겨 있다. 적벽강을 그냥 가랴. 소동파가 읊은 시는 여전히 남아 있는데, 조조 같은 영웅은 지금 어디에 있는가. 달은 지고 새가 우는 깊은 밤에 고소성에 배를 매니 한산사 종소리가 뱃전에 들려왔다. 진회하를 건너갈 때 장사하는 여자들은 나라가 망한 원한도 알지 못하고, 안개는 찬 물결에 끼었으며, 달빛은 모래를 덮었는데, 후정화만 부르는구나.

소상강으로 들어가니 악양루 높은 집이 호수 위에 떠 있고, 동남쪽으로 바라보니 산들은 겹겹이 쌓여 있으며 강물은 끝이 없다. 소상팔경 장관이 눈앞에 펼쳐져 하나하나 둘러보니, 강 위의 하늘은 아득한데 우루룩 주루룩 오는 비는 남편 순임금이 죽자 따라 죽은 아황과 여영의 눈물이요, 아롱진 대나무에 점점이 맺혔으니 소상강에 내리는 밤비가 이것이 아니던가. 칠백 평 호수 맑은 물에 가을 달이 돋아 하늘의 빛이 위아래에 어렸다. 어부는 잠을 자고 소쩍새만 날아드니 '동정호의 가을 달'이 이것이 아니던가. 오나라와 초나라의 너른 물에 오가는 장삿배는 순풍에 돛을 달아 북을 둥둥 울리면서 '어기야, 어기야, 이아' 소리를 하니 '저 멀리 포구로 돌아가는 돛단배'가 이것이 아니던가. 강가 마을 두세 집에서 밥 짓는 연기 나고, 강물에 비친 햇빛이 절벽에 되비쳐 거울같이 반들거리니 '무산의 석양'이 이것이 아니던가. 낚싯대를 천 길 벽에 드리우고는 마음을 놓을 제, 구름이 뭉게뭉게 일어나 무리를 지어 둘렀으니 '창오산의 저녁 구름'이 이것이 아니던가. 푸른 물 고운 모래에 이끼가 낀 양쪽 언덕에서, 다른 새의 청원을 못 이겨 날아오는 저 기러기가 갈대를 입에 물고 날아오며 끼룩끼룩 소리를 내니 '모래밭에 내려앉는 기러기'가 이것이 아니던가. 상수 쪽으로 울고 가니 옛 사당이 분명하다. 남쪽으로 순임금을 찾아왔던 아황과 여영 자매의 혼이라도 있을까 했더니 제 소리에 눈물 지으니 '두 부인을 안장한 황릉묘'가 이것이 아니던가. 새벽 종소리에 경쇠 소리 뎅뎅 섞여 나니 천 리 밖에서 온 뱃사람이 깊이 잠들었다가 놀라 깨고, 탁자 앞의 늙은 중은 아미타불 염불하니 '안개 낀 절에서 들려오는

∞ 황학루는 ~ 끊겨 있다 ─ 황학루(黃鶴樓)는 중국 호북성 무한시에 있는 누각이다. 최호(崔顥)는 중국 당나라의 시인으로, 이태백(李太白)이 최호의 시 〈황학루〉를 보고 감탄했다는 이야기가 전한다. 이태백은 중국 당나라의 시인 이백(李白)을 이르는 말로, '태백'은 자(字)이다. 〈등금릉봉황대〉라는 시를 지었다. 본문의 구절은 모두 〈황학루〉와 〈등금릉봉황대〉의 일부이다. 백낙천(白樂天)은 중국 당나라의 시인 백거이(白居易)를 이르는 말로, '낙천'은 자이다. 백낙천의 시 〈비파행(琵琶行)〉의 첫 구절이 '심양강가에서 밤늦게 나그네를 전송한다.'라는 내용이다.

∞ 소동파가 읊은 시는 ~ 어디에 있는가 ─ 소동파(蘇東坡)는 중국 북송의 문인 소식(蘇軾)을 이르는 말로, 동파는 자이다. 〈적벽부〉를 지었다. 조조(曹操)는 중국 후한 말기의 무장으로, 승상이 되었는데 손권과 유비의 연합군에 적벽에서 크게 패한 바 있다.

∞ 진회하를 ~ 부르는구나 ─ 중국 당나라의 시인 두목(杜牧)이 예전 진나라의 후주(後主)가 〈옥수후정화〉 등을 지어 부르며 방탕하게 놀다가 결국 나라가 망한 것을 떠올리며 〈박진회(泊秦淮)〉라는 시를 지었는데, 이 시에 장사하는 여자들이 나라가 망한 원한도 모르고 진회하(秦淮河) 강가에서 아직도 후정화를 부른다는 내용이 나온다.

∞ 소상팔경(瀟湘八景) ─ 중국 호남성 동정호 남쪽에 있는 소상강 일대의 여덟 가지 아름다운 경치를 뜻하는 말.

∞ 아황과 여영의 눈물 ─ 아황(娥皇)과 여영(女英)은 중국 전설상의 요임금의 딸로, 순임금의 아내였다. 순임금이 죽자 강에 몸을 던져 남편을 따라 죽었다. 그때 두 사람이 흘린 눈물이 대나무밭에 떨어졌는데, 그 뒤로 소상강 대나무에 보라색 반점이 생겼다 한다.

∞ 상수 쪽으로 ~ 옛 사당이 분명하다 ─ 상수 인근에 아황과 여영을 모셔 놓은 황릉묘가 있으므로 이와 같이 표현하였다.

저녁 종소리'가 이것이 아니던가.

소상팔경을 다 본 뒤에 배를 저어 가려 할 때 향기로운 바람이 일어나며 옥패 소리가 들려오더니 대나무 숲에서 어떤 두 부인이 나타났다.

"저기 가는 심 소저야, 너는 우리를 모르리라. 창오산이 무너지고 상수가 말라야 없어질 만큼 대나무의 눈물 자국이 깊어 하소연할 곳이 없더니 너의 지극한 효성을 격려하려고 나왔노라. 순임금이 죽고 몇 천 년이 지났으니 지금은 어느 때며 순임금이 오현금으로 타던 〈남풍시〉가 지금까지 전하더냐? 멀고 먼 물길을 조심하여 다녀오라."

이렇게 말하며 홀연히 간 데가 없으니 심청이는 순임금의 두 비인 아황과 여영일 것이라고 생각했다.

서산에 당도하니 파도가 크게 일고 바람이 차가워지며 검은 구름이 끼었는데, 얼굴은 큰 수레바퀴만 하고 미간이 넓으며 가죽으로 몸을 두른 사람이 나와 두 눈을 감고 심청이를 큰 소리로 불렀다.

"슬프다! 우리 오왕이 백비의 모함을 듣고 내게 촉루검을 주어 목을 찔러 죽게 하고 가죽으로 몸을 싸서 이 물에 던졌으니 애닯도다! 대장부가 원통하여 월나라 군대에게 오나라가 멸망하는 것을 분명히 보려고 내 눈을 빼어 동쪽 문 위에 걸게 했더니 과연 내가 그것을 보았노라. 그러나 내 몸에 감은 가죽을 누가 벗겨 주랴! 눈 없는 것이 한이로다!"

이 사람은 누구인가. 오나라의 충신 오자서였다.

이어 바람과 구름이 걷혀 해와 달은 밝고 환해졌고 물결은 잔잔해졌다. 그때 두 사람이 물가에서 나왔다. 한 사람은 왕의 기상을 가졌으나, 검은 때가 낀 얼굴은 근심에 싸였고 옷차림이 남루하였으니 초나라 임금이 분명했다. 그가 눈물을 지으며 말했다.

"애달프고, 분하도다! 진나라에 속아 삼 년을 무관 땅에 갇혀 고국을 바라보다가 돌아오지 못한 혼이 되었구나. 천추의 깊은 한 때문에 소쩍새가 되었더니, 장량이 박랑사에서 철퇴로 진시황을 치는 소리를 반겨 듣고 속절없이 동정호 달에 헛춤만 추었노라."

또 한 사람은 얼굴색이 초췌하고 깡마른 모습이었다.

"나는 초나라 굴원이다. 회왕을 섬기다가 자란의 참소를 만나 더러운 몸을 씻으려고 이 물에 빠졌었다. 불쌍한 우리 임금을 죽은 뒤에나 섬기려고 이 땅에 와 모시고 있노라. 그대는 어버이를 위해 효성으로 죽고 나는 충성을 다했다. 충과 효는 같으니 그래서 내가 위로하려고 왔노라. 푸른 바다 만 리 길을 평안히 가게."

심청이 생각했다.

'죽은 지 수천 년이 지난 혼백이 보이는 것을 보면 내가 죽을 징

∞ 옥패(玉佩) — 벼슬아치가 입던 예복 좌우에 늘어 차는 옥.

∞ 순임금이 ~ 전하더냐 — 오현금(五絃琴)은 다섯 줄로 된 고대 현악기로, 순임금이 처음으로 오현금을 만들어 타면서 〈남풍시(南風詩)〉를 지어 노래했다고 한다.

∞ 슬프다 ~ 보았노라 — 중국 오나라 왕 부차가 월나라 왕 구천을 무찌른 뒤 부차의 신하 오자서는 구천을 죽이라고 여러 번 말했으나 부차가 듣지 않고 오히려 오자서에게 촉루검을 내주니, 오자서는 부하들에게 자신이 죽은 뒤 눈을 빼어 고소성 동문에 걸어 두면 월나라 군대가 입성하는 모습을 보겠다 하고 자결한다. 부차는 분노하여 오자서의 시신을 찢어 강에 던지라고 명령했는데, 나중에 부차는 구천이 이끄는 월나라에게 크게 패한 뒤 오자서를 볼 낯이 없다고 하면서 죽었다.

∞ 초나라 임금 — 초나라의 회왕(懷王)을 가리키는데, 회왕이 진나라 소왕의 초청을 받자 굴원이 말렸으나 아들의 권유를 듣고 진나라에 갔다가 소왕에게 속아 무관(武關)에 갇혀 있다가 죽었다.

∞ 장량이 ~ 진시황을 치는 소리 — 진시황에게 망한 한나라의 장량(張良)이 한나라의 원한을 갚기 위해 박랑사(博浪沙)라는 곳에서 철퇴로 진시황을 죽이려 하다 실패한 일이 있다.

조로구나.'

그러고서 슬피 탄식했다.

"물에서 잔 것이 몇 밤이며, 배에서 밥 먹은 것이 몇 날인가? 배에서 지낸 네댓 달이 물결같이 흘러갔구나."

마침내 한 곳에 이르러 돛과 닻을 내리니 그곳은 바로 인당수였다. 회오리바람이 크게 일어 바다가 뒤집히며 용이 싸우는 듯, 벼락이 치는 듯, 큰 바다 한가운데 일천 석 실은 배가 노도 잃고 닻도 끊어지며 용총줄도 끊어지고 키도 빠졌다. 바람 불고 물결 치며 안개와 비가 뒤섞여 내리는데 갈 길은 천리만리 남아 있었다. 사방은 어둑어둑하고 온 천지가 적막하여 파도가 출렁이는데 뱃전은 탕탕, 돛대는 우지끈, 순식간에 위태로워졌다. 우두머리 사공부터 모두 놀라고 정신이 없어 넋이 몸에 붙어 있지 않았다.

고사 제물을 차릴 적에 섬에 들어 있던 쌀로 밥을 짓고, 동이에 있던 술을 차려 놓고, 큰 소 잡아 왼쪽 쇠다리, 왼쪽 소머리, 사지를 갈라 올려놓고, 큰 돼지 잡아 통째로 삶고 큰 칼을 꽂아 기는 듯이 받쳐 놓고, 삼색 과일이며 오색 탕수, 갖은 고기와 물고기며 포와 식혜, 과일을 방위에 맞춰 올려놓았다. 우두머리 사공은 심청이에게 깨끗한 소복을 입혀 상머리에 앉히고는 북을 둥둥 치면서 고사를 지냈다.

"맨 위에는 서른세 하늘, 그 아래에는 스물여덟 별자리. 하늘에

∞ 용총줄 — 돛대에 매어 놓은 줄로, 돛을 올리거나 내리는 데 쓴다.
∞ 섬 — 곡식 따위를 담기 위해 짚으로 엮어 만든 그릇.

계신 삼황오제와 저승의 시왕이 세상을 만드실 제, 하늘에 계신 옥
황상제, 지하에서 열두 제국을 다스리시는 황제 헌원씨며, 공자ㆍ
맹자ㆍ안자ㆍ증자는 유교의 법문을 내고, 석가여래가 불도를 마련
하며, 복희씨가 비로소 팔괘를 만들고, 신농씨가 갖은 풀을 맛보아
비로소 의약을 만들고, 헌원씨가 배를 만들어 막혔던 곳을 다닐 수
있게 하셨사옵니다. 후손이 본을 받아 글을 짓고, 농사를 짓고, 만
들고, 장사하며 제각기 직업을 가졌으니 그것이 다 선인들의 막대
하신 공이 아니겠습니까. 하우씨가 구 년 홍수를 배를 타고 다스렸
고, 다섯 나라에 수장을 정한 공을 세웠으며 구주를 정비했습니다.
오자서가 오나라로 망명할 때 조각배로 건너가고, 항우가 해 땅에
서 패하고 오강으로 갈 때 뱃사람이 배를 매어 기다렸고, 제갈공명
이 조화로 동남풍을 불게 하여 조조의 십만 대병을 바다와 육지에
서 불로 공격하였으니 배 아니면 그것을 어떻게 했겠습니까. 도연
명이 벼슬을 버리고 고향으로 돌아가고, 장한이 고향의 노어회를
생각해 강동으로 돌아갈 때도 배를 탔습니다. 소동파가 임술년 가
을 칠월에 조각배에 몸을 실어 가는 대로 맡겨 두었으니 그 또한
배를 타며 놀았던 것입니다. '지국총 어사화' 하며 배를 타고 머무
는 데 없이 가는 것은 어부의 즐거움입니다. 계수나무 돛대를 달고
노를 저어 멀리 포구에 내려가니 오나라 월나라 아가씨들이 연꽃
따는 배요, 여기저기 다니며 해마다 왕래하는 것은 장삿배 아닙니
까. 우리 동무 스물네 명이 장사로 일을 삼아 십여 세부터 물길을
타고 서호를 떠다녔으니 인당수 용왕님은 이 제물을 받으소서. 유
리국 도화동에 사는 열다섯 살 된 효녀 심청이를 제물로 드리오니
사해 용왕님은 고이고이 받으소서. 천 리 물길 먼먼 길에 바람구멍

내고 낮이면 고루 불어넣어 물길이 깊은데도 대야에 물을 담은 듯이, 배도 무쇠가 되고, 닻도 무쇠가 되고, 용총줄도 모두 다 무쇠로 점지해 주소서. 배가 물에 빠지는 우환이 없게 하고, 물건을 잃거나 돈을 잃는 재난을 없애시어 억십만금 이익을 내어, 돛대 끝에 봉황기 꽂아 웃음으로 즐기고 춤으로 즐기게 점지해 주소서."

그러면서 북을 두리둥 두리둥 치며 외쳤다.

"심 낭자는 한시가 급하니 어서 물에 들어가시오."

그 말을 들은 심청이가 두 손을 합장하고 일어나서 빌었다.

"비나이다, 비나이다, 하느님 앞에 비나이다. 제가 죽는 일은 조금도 서럽지 않습니다. 몸이 불편하신 우리 부친의 깊은 한을 생전에 풀려고 이 죽음을 당하니 부디 하늘이 감동하셔서 침침한 아비 눈을 뜨게 해 주소서."

그러고는 눈물을 흘리며 말했다.

"뱃사공님네는 평안히 가시고 억십만금 이익을 내어 이 물가를 지나시거든 제 혼백을 불러 물밥이나 주시오."

심청이가 뱃머리에 나서서 보니 시름에 잠긴 푸른 물은 월러렁 출렁 뒤집어지며 굽이쳐서 물거품이 일고 있었다. 기가 막힌 심청

∞ **삼황오제(三皇五帝)** — 중국 고대 전설에 나오는 세 명의 황제와 다섯 명의 어질고 덕이 뛰어난 임금을 가리키는 말.

∞ **헌원씨(軒轅氏)** — 중국 고대 전설상의 제왕으로, 삼황(三皇)의 한 사람이다. 처음으로 곡물 재배를 가르치고 문자 · 음악 · 도량형 따위를 정했다고 한다.

∞ **다섯 나라에 ~ 정비했습니다** — 중국 하나라의 순임금이 다섯 제후국에 어진 이를 수장으로 두는 오장(五長) 제도를 확립한 것과 국토를 아홉으로 나눠 구주(九州)의 구역을 정비한 것을 이른다.

이가 뒤로 털썩 주저앉아 뱃전을 잡고 기절하여 엎어지니 그 모습은 차마 볼 수 없었다. 정신을 차린 심청이가 온몸을 잔뜩 웅크리고 치마를 둘러쓰며 총총걸음으로 물러섰다가 푸른 바다 가운데 몸을 던지며,

"애고애고, 아버지! 저는 이제 죽습니다!"

하는데, 뱃전에 한 발이 지칫거리다가 거꾸로 풍덩 빠졌다. 향기로운 꽃이 바람 부는 물결을 좇고 밝은 달이 물속에 잠기니 심청이의 몸은 아득한 바다의 한 낱알과 같았다. 고요한 새벽처럼 물결은 잔잔해졌고, 미친바람은 사그라졌으며, 안개는 자욱하여 지나가는 구름이 머물렀고 맑은 하늘에 푸른빛의 안개가 새롭게 생기니 새벽의 동쪽 하늘처럼 맑아졌다.

우두머리 사공이,

"고사를 지낸 뒤에 날씨가 맑아졌으니 이것이 심 낭자의 덕이 아닌가."

하니 뱃사람들의 생각이 다 같았다.

고사를 마치고 술을 한 잔씩 먹고 담배를 한 대씩 피우고는 소리쳤다.

"배를 저어 가세."

"어, 그렇게 합세. 어기야, 어기야."

뱃노래 한 곡조에 굵은 삼베 돛을 달고 남경으로 들어갈 때 화살같이, 기러기 발에 편지를 묶어 북해에 기별을 보내는 것같이 배가 순식간에 남경에 다다랐다.

바다에 빠진 심청이는 자기가 죽은 줄로만 알았는데, 오색구름이 영롱하고 기이한 향내가 코를 찌르더니 맑은 옥피리 소리가 은

은히 들려왔으므로 머뭇거리고 있었다.

이미 옥황상제가 인당수 용왕과 사해용왕과 지부왕에게 낱낱이 하교하신 터였다.

"내일 하늘이 낸 효녀 심청이가 그곳에 갈 것이 몸에 물 한 방울 묻지 않게 하되 만일 실수해 잘못 모시면 사해용왕에게는 천벌을 내리고 지부왕은 귀양을 보낼 것이다. 그러니 수정궁으로 모셔 삼 년을 받들고 단장시켜 인간 세상으로 내보내라."

이처럼 하교하시니 사해용왕이며 지부왕이 모두 다 놀라 수많은 바다의 장군과 군사를 모이게 했다. 원참군 별주부, 승지 도미, 비변랑 낙지, 감찰 잉어, 수찬 송어, 한림 붕어, 수문장 메기, 청령사령 자가사리, 승지 북어, 삼치, 갈치, 앙금, 방게, 수군 백관이며 백만 물고기들이 모였고, 헤아릴 수 없이 많은 선녀들이 백옥으로 만든 가마를 갖추고 때를 기다리고 있었다.

선녀들이 물에 뛰어든 심청이를 받들어 가마에 태우려고 하니, 심청이가 정신을 차려 말했다.

"속세의 더러운 사람이 어찌 용궁의 가마를 타겠습니까?"

여러 선녀들이 아뢰었다.

"옥황상제의 분부가 지엄하십니다. 가마에 타지 않으시면 우리 용왕이 죄를 면하지 못할 것입니다. 그러니 부디 사양하지 마시고 타소서."

심청이 마지못해 가마 위에 높이 앉았다. 여덟 선녀가 가마를 메고 여섯 용이 옆에서 모시며 장수와 군사 들이 호위하고 푸른 학을 탄 두 동자는 앞길을 인도하여 바닷물로 길을 만들고 풍악을 울리며 들어갔다. 하늘의 선관과 선녀 들이 심청이를 보려고 열을 지어

섰는데, 태을선녀는 학을 타고 적송자는 구름을 타고 갈선옹은 사자를 타고 있었다. 푸른 옷을 입은 동자, 흰옷을 입은 동자가 쌍쌍이 모시는데, 취적선, 월궁의 항아, 서왕모며 마고 선녀, 낙포 선녀와 남악 부인의 팔선녀가 다 모였다. 모두들 고운 옷에 좋은 패물을 차고 있었으며 향내도 기이했는데, 풍악이 앞에서 인도했다. 왕자진의 생황이며 곽 처사의 죽장구며, 성연자의 거문고, 장자방의 옥퉁소며 혜강의 해금이며 완적의 휘파람에 북을 두드리고 피리를 불며 〈능파사〉, 〈보허사〉, 〈우의곡〉, 〈채련곡〉을 섞어 노래하니 노랫소리가 수궁에 진동했다.

　수정궁으로 들어가니 별천지여서 사람 사는 곳이 아닌 것 같았

∞ **사해용왕과 지부왕** — 사해용왕(四海龍王)은 동서남북의 네 바다에 있다고 하는 전설상의 용왕이고, 지부왕(地府王)은 '염라대왕'을 달리 이르는 말이다.

∞ **태을선녀는 ~ 타고 있었다** — 태을선녀(太乙仙女)는 하늘에 있는 선녀이고, 적송자(赤松子)는 비를 다스렸다는 신선의 이름이며, 갈선옹(葛仙翁)은 중국 삼국 시대 오나라 사람으로 후에 신선이 되었다 전한다.

∞ **취적선 ~ 팔선녀** — 모두 신선과 선녀의 이름이다. 취적선(醉謫仙)은 '술에 취한, 귀양 온 신선'이라는 말로 이백을 가리킨다. 월궁(月宮)은 달을 가리키고, 항아(姮娥)는 달에 살고 있다는 선녀를 이른다. 마고(麻姑) 선녀는 중국에 전하는 선녀의 이름이다. 낙포(洛浦) 선녀는 복희씨(伏羲氏)의 딸 복비(宓妃)를 일컫는데, 낙수(洛水)에 익사하여 낙수의 신이 되었다는 설화가 전한다. 남악 부인의 팔선녀는 김만중의 『구운몽』에 등장하는 여덟 선녀를 이른다.

∞ **왕자진의 ~ 휘파람에** — 왕자진(王子晉)은 중국 주나라 영왕의 태자로, 생황을 잘 불었다고 한다. 곽 처사(郭處士)는 중국 당나라 무종 때의 곽도원을 이르는 말로, 죽장구라는 악기를 잘 다뤘다고 한다. 성연자(成連子)는 중국 춘추 시대의 인물로, 거문고를 잘 탔다고 한다. 장자방(張子房)은 중국 한나라 때의 인물로, 유방을 도와 초나라와 싸울 때 옥퉁소를 불어 초나라 군사들이 고향 생각을 하게끔 했다고 한다. 혜강(嵇康)은 중국 진나라 인물로, 거문고를 잘 탔다고 한다. 완적(阮籍)은 중국 삼국 시대 위나라의 시인으로, 죽림칠현 가운데 한 사람이다.

∞ **능파사(凌波詞) ~ 채련곡(採蓮曲)** — 모두 악곡의 이름이다.

다. 남해의 광리왕이 통천관을 쓰고서 백옥홀을 손에 들고 씩씩하게 들어가니 삼천팔백 수궁의 지부 대신들이 왕을 위해 영덕전 큰 문 밖에 차례로 늘어서서 만세를 불렀다. 심청이 뒤로는 백로를 탄 여동빈과 고래를 탄 적선 이백과 푸른 학을 탄 장려가 하늘에서 날아다니고 있었다.

집 꾸민 것을 보니 화려하고 웅장했다. 고래 뼈를 걸어 대들보를 삼았으니 신령스러운 빛이 나고, 물고기 비늘을 모아 기와를 만들었으니 상서로운 기운이 공중에 어려 있었다. 보물로 치장한 궁궐은 하늘의 햇빛과 달빛, 별빛과 어울리고, 용을 그린 곤룡포와 수놓은 치마의 관복은 인간의 오복을 다 갖추었다. 산호로 만든 주렴에 대모로 만든 병풍은 광채도 찬란한데 인어가 만든 비단 휘장을 구름같이 높이 쳤다. 동쪽을 바라보니 큰 붕새가 날아다니고 쪽빛보다 푸른 물은 나루에 둘러 있었다. 서쪽을 바라보니 약수와 사막이 아득한데 파랑새 한 쌍이 날아들고, 북쪽을 바라보니 수많은 산이 비취색을 띠고 있었다. 위를 바라보니 상서로운 붉은 구름이 떠 있었는데, 구름 위로는 하늘로 통하고 아래로는 땅으로 이어져 있었다.

음식을 둘러보니 인간 세상 음식이 아니었다. 유리 소반, 유리 술상과 유리잔, 호박 잔대 위에 자하주, 천일주를 두고 기린 포를 안주로 삼았으며 호리병에 제호탕, 감로주도 들어 있었고, 신선이 마시는 술은 호마 소반에 담겨 있었다. 한가운데에는 삼천 년에 한 번 열린다는 복숭아가 놓여 있었는데 훌륭한 맛이 비할 데가 없었다.

심청이 수궁에 머물 적에 옥황상제의 명이 있었으므로 용왕의 거동이 오죽했겠는가. 사해의 용왕이 모두 시녀를 보내 아침저녁으로 문안하고 번갈아 모시게 했다. 비단옷, 오색 무늬옷에 아름다운 외모, 고운 얼굴로 다 각기 사랑받으려고 예쁜 모습을 지으며 웃는 시녀, 얌전하게 차린 시녀, 날 때부터 고운 시녀, 아름다운 시녀 들이 밤낮으로 모셨다. 사흘마다 작은 잔치를 열고 닷새마다 큰 잔치를 열며 마루 위에는 비단이 쌓이고 마루 아래에는 진주가 쌓였다. 이처럼 모시면서도 혹시라도 마음에 들지 않을까 매우 조심했다.

∞ **여동빈(呂洞賓)** — 중국 당나라 사람으로, 살아 있을 때 신선이 되었다고 전해진다.
∞ **오복(五福)** — 유교에서 이르는 다섯 가지 복으로, 오래 살고, 부유하며, 몸이 평안하고, 좋은 덕을 닦으며, 고통 없이 죽는 것을 가리킨다.
∞ **대모(玳瑁)** — 바다 거북의 등껍질로, 보석의 일종이다.

어찌 살아 있는 사람을
제물로 바친단 말이오?

심청이는 뱃사람들에게 제물로 팔려 인당수에 몸을 던집니다.
뱃사람들은 심청이를 제물로 바치고
거센 파도가 몰아치는 바다를 잔잔하게 해 달라며 빌었던 것이지요.
이처럼 아주 오래전부터 동서양을 막론하고
신령스러운 대상에 살아 있는 제물을 바치고 소원을 비는 제사 의식이 있었습니다.
소나 돼지 같은 살아 있는 짐승을 제물로 바치는 것을 '공희(供犧)'라고 하는데,
특히 살아 있는 사람을 제물로 바치는 것을 '인신 공희'라고 합니다.
그러므로 『심청전』도 인신 공희를 소재로 한 소설이라고 할 수 있습니다.
살아 있는 사람을 제물로 바친다고 하니 어쩐 으스스합니다만,
그리스·이집트·인도·중국 같은 고대 문명의 발상지로 알려진 곳에서는
대부분 인신 공희의 전통이 있었다고 합니다.

우리나라에는 청주의 '지네장터 전설',
제주도의 '김녕굴 구렁이 전설'이나
'광정당 이무기 전설' 등 흉악한 동물의 횡포를 막
기 위해 정기적으로 살아 있는 사람을 바쳤다는
전설이 전해지고 있고, '에밀레종'으로 알려진 '성
덕대왕 신종'에도 어느 여인의 딸아이를 가마솥의
쇳물에 넣어 제물로 바치고 나서 완성할 수 있었다
는 전설이 전해지고 있습니다.
일본의 역사책인 『일본서기』에도 야마토타케루 태자
가 배를 타고 가다가 폭풍을 만나 죽을 위기에 빠졌는데,
그 배에 타고 있던 여자가 바다에 몸을 던지자 이내 바다가
잠잠해졌다는 기록이 있습니다. 무언가를 간절히 바라는 마음이
있으면 살아 있는 사람을 제물로 바치는 일도 서슴없이 할 수 있는
것일까요?

김녕굴 구렁이 전설

제주도 김녕리에 뱀굴이라는 커다란
동굴이 있었는데, 그 동굴에 사는 큰 뱀이
마을 사람들을 괴롭혀 마을에서는 해마다
열다섯 살 처녀를 한 명씩 바쳐 재앙을 막았습니다.
조선 시대 중종 연간에 서린이라는 부사가 부임해
와서 뱀에게 제사 지내는 것을 알고는 뱀을
창으로 찔러 죽이고 태워 버렸습니다. 그 뒤
서린은 병을 얻어 죽었지만, 마을
사람들이 피해를 입는 일이
없어졌다고 합니다.

제주도 김녕굴

울릉도 성하신당

청주 지네장터

울릉도 태하리의 '성하신당(聖霞神堂)'이라는 사당에는 인신 공희와 관련된 이야기가 전해지고 있습니다. 조선 시대 태종 때 사신 김인우가 울릉도에 들어왔다가 육지로 돌아가려 하였는데, 돌아가기 전날 밤 꿈에 해신이 나타나 나이 어린 남녀를 두고 가라고 하였습니다. 다음 날 배를 타고 떠나려 하였으나 파도가 거세 떠날 수 없었습니다. 김인우가 간밤의 꿈 생각이 나서 어린 남녀를 불러 자신이 잠자던 곳에 가 붓과 먹을 가져오라고 보내자 곧 파도가 멎었습니다. 김인우 일행은 그때를 틈타 배를 띄워 떠났고, 어린 남녀는 울부짖다가 죽고 말았습니다. 몇 년 뒤에 김인우가 다시 울릉도에 가게 되었을 때, 그가 잤던 자리에 가 보니 어린 남녀가 껴안은 채로 백골이 되어 있었습니다. 김인우는 그들을 불쌍히 여겨 신당을 짓게 하였는데, 그 신당이 바로 성하신당입니다. 그 뒤로 음력 2월 28일이 되면 울릉도 사람들은 성하신당에 가 제사를 지내며 물고기가 많이 잡히도록 기원한다고 합니다.

청주 지네장터

옛날 청주 지네장터에는 지네를 위한 당집이 있었는데, 지네장터에서 수십 리 떨어진 어느 마을에 순이라는 효녀가 장님 아버지를 모시고 살고 있었습니다. 순이는 가난한 살림살이에도 아버지를 극진히 봉양했으며, 남은 밥 찌꺼기는 부엌에 들어온 두꺼비에게 먹였습니다. 두꺼비는 순이가 주는 밥을 먹고 자라 친구같이 되었습니다. 그때 지네장터에 지네가 나타나 사람들에게 해를 입히자 사람들은 지네를 위한 당집을 짓고 해마다 처녀를 한 사람씩 바치기로 했습니다. 그해의 제물로 순이가 결정되자 순이는 두꺼비와 눈물로 작별하고 아버지를 이웃에 부탁한 뒤 집을 나왔습니다. 제관들은 순이를 묶어 당집에 가뒀는데, 순이는 천장에서 붉은 불덩어리가 내려오고 발치에서는 푸른 빛줄기가 위를 향해 올라가는 것을 보게 됩니다. 그렇게 두 빛이 밤새 싸우더니 마침내 천장에서 큰 소리가 나며 무겁고 큰 것이 떨어졌습니다. 다음 날 아침 제관이 순이의 시체를 치우려고 들어가 보니 당집 바닥에 큰 지네가 죽어 있고, 한구석에는 두꺼비가 독기를 내뿜고 있었습니다. 그 뒤로는 지네의 폐해가 없어졌다고 합니다.

울릉도 태하리의 성하신당

99

심청이는 어머니를,
심 봉사는 뺑덕 어미를 만나다

그때 무릉촌 장 승상 댁 부인은 심청이의 글을 벽에 걸어 두
고 날마다 살펴보았는데 빛이 변하지 않았다. 하루는 족자에
물이 흐르고 빛이 변해 검어져 '심청이가 물에 빠져 죽었는가!'
하고 탄식하며 슬퍼했다. 이윽고 물이 걷히고 빛이 도로 황홀해
지니 장 승상 댁 부인이 괴이하게 여겨 '혹시 누가 구해 살려 냈는
가?' 하고 매우 의아해 하다가 어찌 그런 일이 쉽게 일어나겠느냐
고 머리를 저었다.

그날 밤 장 승상 댁 부인은 심청이를 위해 제물을 갖추고 강가로
나가 혼을 불러 위로하며 제사를 지내려 했다. 시녀를 데리고 강가
에 다다르니 밤은 깊어 한밤중인데 첩첩이 쌓인 안개는 산에 잠겨

있고 첩첩이 이는 연기는 강물에 어려 있었다. 조각배를 물길 따라 저어 중간쯤에 띄워 두고 배 안에 제삿상을 차렸다. 부인이 친히 잔에 술을 부어 슬피 울며 심청이를 불러 위로했다.

"아, 슬프구나, 심 소저야! 죽기를 싫어하고 살기를 좋아하는 것이 사람의 마음이거늘 일편단심 길러 주신 부친의 은덕을 죽음으로써 갚으려고 목숨을 스스로 끊으니 고운 꽃이 시들고 나비가 불에 들었구나! 어찌 슬프지 않겠느냐? 한 잔 술로 위로하니 마땅히 소저의 혼이 아니면 술잔이 비지 않을 것이니 속히 와서 맛보기를 바라노라."

이처럼 눈물을 뿌리며 통곡하니 천한 사물인들 어찌 감동하지 않겠는가. 밝은 달도 구름 속에 숨고, 사납게 불던 바람도 고요해지며, 어룡이 도왔는지 강물도 잔잔해지고, 모래사장에서 놀던 흰 갈매기도 목을 길게 빼어 꾸룩꾸룩 소리를 내며, 한가로운 어선들은 가던 길을 멈추었다.

그때 뜻밖에도 강 가운데에서 한 줄 맑은 기운이 뱃머리에 잠시 어렸다가 사라지며 날이 맑아졌다. 부인이 반기며 일어서서 보니 가득 찼던 술잔이 반이나 비어 있었다. 부인은 심청이의 죽음을 못내 슬퍼했다.

하루는 광한전의 선녀 옥진 부인이 오신다는 소식이 전해지니 수궁이 뒤집히는 듯하고 용왕이 겁을 내어 사방이 분주했다. 원래 옥진 부인은 심 봉사의 아내 곽씨 부인이었다. 죽어 광한전에서 옥진 부인이 된 것인데, 딸 심청이 수궁에 왔다는 말을 듣고 옥황상제께 말미를 얻어 만나러 오는 길이었다.

심청이는 누군 줄 모르고 멀리 서서 바라볼 따름이었다. 오색구

름이 어린 가운데 오색 가마를 옥기린에 높이 얹고 복숭아꽃, 계수나무꽃을 좌우에 꽂고 각 궁궐의 시녀들이 모셨는데, 청학과 백학들은 앞에서 절하고 봉황은 춤을 추며, 앵무새는 말을 전하니 보던 중 처음이었다.

이윽고 옥진 부인이 가마에서 내려 섬뜰에 올라서며,

"내 딸, 청아!"

하고 부르니, 그 소리에 심청이는 옥진 부인이 바로 죽은 모친인 줄을 깨닫고 뛰어나갔다.

"어머니! 어머니가 저를 낳고 이레가 되지 않아 돌아가셨으니 지금까지 십오 년을 어머니 얼굴도 모르고 살았습니다. 끝없이 깊은 한이 풀릴 날이 없었더니 오늘 이곳에 와서야 어머니를 뵙고 풀릴 줄을 어찌 알았겠어요? 알았더라면 오는 날 아버지께 말씀 드려 저를 보내고 서러워하실 아버지 마음을 위로해 드렸을 것을……. 저는 어머니를 만나 좋지만, 외로우신 아버지는 누구를 보고 반기실까요? 아버지 생각이 새록새록 납니다."

옥진 부인이 울며 말했다.

"나는 죽어 귀하게 되었으니 인간 세상에 대한 미련이 전혀 없다. 네 부친이 너를 키워 서로 의지하며 지내다가, 너조차 이별하니 네가 오던 날 그 모습이 오죽했겠느냐! 내 너를 보니 반가운 마음이야 있지만 네 부친이 너를 잃은 설움에다 비교할 수 있겠느냐. 네부친은 가난에 찌들어 많이 늙었을 텐데 그간 홀아비 신세나 면했으며, 뒷마을 귀덕 어미는 네게 극진히 대하더냐?"

옥진 부인은 또 얼굴도 맞대 보고 손발도 만져 보며 말했다.

"귀와 목이 흰 것은 네 부친을 닮았고, 손발이 고운 것은 나를 닮았으니 어찌 내 딸이 아니겠느냐! 내가 끼던 옥가락지도 네가 지금 끼고 있고, '수복강녕'과 '태평안락'이라는 글자를 새긴 돈을 곱고 붉은 괴불주머니에 넣고 주홍색 명주실로 만든 벌매듭으로 끈을 달아 놓으라 했는데, 그것도 네가 차고 있으니 내 딸이 분명하구나! 그러나 아비를 이별하고서야 어미를 다시 보게 되었으니 사람의 일이 두 가지를 모두 이루기는 어렵구나. 오늘 나를 다시 이별하지만 네 부친을 다시 만나게 될지 어찌 알겠느냐? 광한전에서 맡은 일이 많아 자리를 오래 비우기가 어렵구나. 이제 다시 이별하니 애달프고 슬프도다! 내 마음대로 할 수 없으니 한탄한들 어찌 겠느냐. 나중에 다시 만나 즐길 날이 있으리라."

옥진 부인이 일어서니 심청이가 붙잡지 못하고 따라갈 길이 없어 울면서 하직했다.

그때 심 봉사는 딸을 잃고 죽지 못해 근근이 살아가고 있었다. 도화동 사람들은 심청이가 지극한 효성으로 물에 빠져 죽은 것을 불쌍히 여겨 비석을 세우고 글을 지었다.

두 눈이 먼 아버지를 위해
몸 바쳐 효도하고 용궁에 갔구나.
안개 어린 먼 바다는 깊고도 푸르니
해마다 푸른 풀에 한은 끝이 없도다.

비석의 글을 보고 울지 않는 사람이 없고, 심 봉사는 딸이 생각나면 비석을 끌어안고 울었다.

동네 사람들이 심 봉사의 돈과 곡식을 착실히 늘려 주어 집안 형

편은 해마다 나아졌다. 그때 그 동네에 밤
낮없이 남자를 잘 꾀는 뺑덕 어미가 있었
는데, 심 봉사에게 돈과 곡식이 많이 있
는 것을 알고는 스스로 원해 심 봉사의
첩이 되어 살았다.

　그런데 이 계집의 입은 남자를 밝히는 것처럼 한시도
노는 적이 없었다. 그리고 곡식 주고 떡 사 먹기, 베
를 돈으로 바꿔 술 사 먹기, 정자 밑에서 낮잠 자기,
이웃집에 밥 달라고 보채기, 동네 사람에게 욕설하기, 일꾼들과
싸우기, 술 취해 한밤중에 앙탈 부리고 울기, 빈 담뱃대 손에 들고
보는 대로 담배 청하기, 총각 홀리기 같은 온갖 나쁜 짓을 저지르
고 다녔다.

그러나 심 봉사는 여러 해 아내가 없었으므로 뺑덕 어미가 옆에 있는 것이 좋아서 뺑덕 어미가 무슨 짓을 하고 다니는지 전혀 몰랐다. 그러다 보니 집안이 점점 기울어졌는데, 하루는 심 봉사가 뺑덕 어미를 불러 놓고 물었다.

"여보게, 뺑덕이. 우리 집안 형편이 착실하다고 남들이 다 수군수군했는데, 요 근래에는 어떻게 된 일인지 형편이 기울어져 도로 빌어먹게 되었소. 이 늙은것이 다시 빌어먹으려 하니 동네 사람에게도 부끄럽고 내 신세도 구차하니 어디 낯을 들고 다니겠소?"

"봉사님, 여태 드신 것이 무엇이오? 식전마다 해장하신다고 드신 죽값이 여든두 냥이오! 저렇게 갑갑하다니까. 낳아서 키우지도 못하는 애 밴다고 살구는 어찌 그리 먹고 싶던지 살굿값이 일흔석 냥이오. 저렇게 갑갑하다니까!"

심 봉사가 속이 타 헛웃음만 지으며,

"그래, 살구는 자네가 많이 먹었네. 그렇지만 계집이 먹은 것은 쥐가 먹은 것처럼 빨리 없어진다고 하니 말해 쓸데없네. 집안 살림을 다 팔고 다른 데로 나가세."

하니, 뺑덕 어미도 그러자고 하여 남은 물건을 다 팔아 버리고 타향으로 떠돌아다녔다.

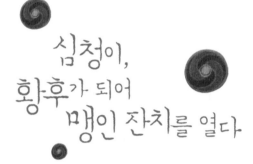

심청이, 황후가 되어 맹인 잔치를 열다

하루는 옥황상제께서 사해용왕에게 명령하셨다.

"심 소저의 혼인 날짜가 가까워오니 인당수로 다시 보내 좋은 때를 놓치지 않도록 하라."

이처럼 분부가 지엄하셨으므로 사해용왕이 심청이를 보낼 채비를 했다. 심청이를 큰 꽃송이에 모셔 놓고 두 시녀에게 곁에서 모시게 하여 아침저녁 먹을 것과 비단 보물을 많이 넣고 옥 화분에 고이 담아 인당수로 보냈다. 사해용왕이 친히 나와 전송하고, 시녀들과 팔 선녀가 아뢰었다.

"소저는 인간 세상에 나가셔서 부귀와 영화를 만세토록 즐기소서."

"여러 왕의 덕을 입어 죽을 몸이 다시 살아 세상에 나가니 은혜를 잊지 못하겠습니다. 시녀들과도 정이 들어 떠나기 섭섭하나 이승과 저승의 길이 다르므로 이별하고 갑니다. 귀하신 몸 내내 평안하소서."

이처럼 하직하고 돌아섰는데, 순식간에 꽃송이가 인당수에 떠오르니 바다가 영롱해졌다. 온갖 신이 조화를 부리고 용왕이 신령함을 부렸으니 바람이 불어도 끄떡하지 않고 비가 와도 흘러가지 않았으며 오색구름이 어린 채 두둥실 떠 있었다.

남경 갔던 뱃사람들이 장사가 잘되어 억만 금의 이익을 내고 돌아오다가 인당수에 이르자, 닻을 내리고 깨끗한 제물을 마련해 용왕에게 제사를 지내며 축원했다.

"액운을 막아 주고 소망을 이루어 주시니, 용왕님의 넓으신 덕택입니다. 한 잔 술로 정성을 드리오니 모두 함께 맛보소서."

그러고는 제물을 다시 차려 심청이의 혼을 불러 위로했다.

"하늘이 낸 효녀 심 소저는 늙으신 부친이 눈을 뜨도록 이팔청춘에 죽는 것을 두려워하지 않고 바다의 외로운 혼이 되었으니 어찌 가련하고 불쌍하지 않겠습니까? 우리 뱃사람들은 소저 덕분에 이익을 남겨 고국으로 돌아가지만, 소저의 영혼은 어느 날에 다시 돌아오겠습니까? 가다가 도화동에 들러 소저 부친이 살았는지 안부를 알아보고 가겠나이다. 한 잔 술로 위로하니 만일 계시거든 소저의 영혼은 제물 맛을 보소서."

그렇게 말하며 눈물을 쏟다가 바다를 바라보니 꽃봉오리 하나가 푸른 바다 가운데 둥실 떠 있는 것이 아닌가. 뱃사람들이 이상하게 여겨 자기들끼리 의논했다.

"심 소저의 영혼이 꽃이 된 모양일세."

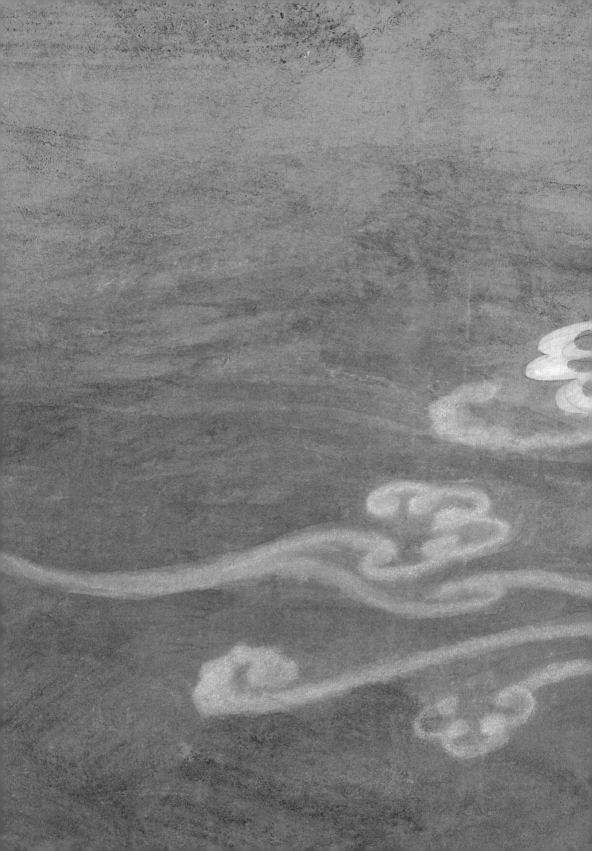

가까이 가서 보니 그곳은 과연 심청이가 빠진 곳이었다. 뱃사람들이 감동하여 꽃송이를 건져 배에 올리고 보니 크기가 수레바퀴만 하여 두세 사람이 앉을 수 있을 정도였다.

"이런 꽃은 여지껏 본 적이 없으니 이상하고 괴이하구나."

꽃송이가 상하지 않게 배에 실으니 배가 쏜살같이 나아갔다. 네댓 달 만에 갈 길을 며칠 만에 도달하자 뱃사람들은 이상하게 여겼다.

억십만금 남은 재물을 각기 나눌 때 우두머리 사공은 무슨 마음인지 재물은 마다하고 꽃봉오리만 차지했다. 제 집 깨끗한 곳에 단을 쌓고 두니, 향기가 집에 가득하고 무늬 구름이 집을 둘렀다.

그때 송나라 황제께서 황후가 세상을 떠난 뒤로 다시 황후를 들이지 않으시고 진귀한 화초를 구해 상림원을 다 채우고 황극전 뜰 앞에도 여기저기 심어 두고 기이한 꽃과 아름다운 풀을 벗 삼아 지내니 화초가 많기도 많았다. 팔월에 피는 군자 같은 연꽃이며, 가을 연못에 가득 핀 홍련화며, 그윽한 향내 풍기며 달이 어슴프레할 때 소식 전하던 매화며, 유우석이 떠난 뒤에 심었다는 붉은 복숭아꽃이며, 열매 달린 달 속의 붉은 계수나무 향기가 십 리 밖까지 풍긴다는 계수나무꽃이며, 미인이 아름다운 손으로 꼬아 만든 함에 금분으로 단장한 고운 얼굴로 들어 있는 봉선화며, 구월 구일 용산에서 술을 마실 때 쫓겨난 신하를 비웃었다던 국화며, 귀한 사람들이 밑에서 모여 노는 부귀한 모란화며, 땅에 떨어져 뜰에 가득해도 님이 문을 열지 않았다던 장신궁의 배꽃이며, 칠십 제자 가르치던 행단 봄바람의 살구꽃이며, 천태산 들어가니 길 양쪽에 피어 있는 작약이며, 촉나라의 한을 못 이겨 피를 토하던 두견새며, 자산홍에 왜철쭉, 진달래, 백일홍이요, 그 가운데 전나무와 호두나무며, 석

류나무에 소나무, 잣나무며 치자나무, 밤나무, 감나무에 은행나무며 오미자, 탱자, 유자나무며 포도, 다래, 으름덩굴을 너울너울 갖가지 색깔로 층층이 심어 두고 때를 따라 구경했다. 향기로운 바람이 잠깐 불면 살랑살랑 가지가 흔들리며 울긋불긋한 나뭇잎이 떨어지고 벌과 나비와 새가 춤추며 노래하니 황제께서 흥미를 붙여 날마다 구경하셨다.

그때 우두머리 사공이 그 소식을 듣고 문득 생각했다.

'옛사람은 벼슬을 등졌어도 황제를 생각했으니 나도 이 꽃을 가져다 황제께 드려 정성을 바쳐야겠다.'

이렇게 생각하고 인당수에서 얻은 꽃을 옥으로 만든 화분에 옮기고 대궐로 가서 그 뜻을 아뢰었다. 황제께서 반기시고 그 꽃을 황극전에 들여놓고 보았다.

"빛이 찬란하니 해와 달의 빛이요, 크기가 짝이 없어 향기가 특출하니 세상의 꽃이 아니로다. 달 속의 붉은 계수나무 그림자가 뚜렷하니 계수나무꽃도 아니요, 요지연의 복숭아를 동방삭이 따 온 뒤에 삼천 년이 안 되었으니 벽도화도 아니니 서역국의 연꽃 씨가 꽃이 되어 바다에 떠서 온 것인가?"

∞ 상림원(上林苑) — 중국 황제의 동산 이름.

∞ 유우석(劉禹錫) — 중국 당나라의 시인.

∞ 구월 ~ 국화며 — 이백의 〈구일용산음(九日龍山吟)〉이라는 시에 구월 구일에 용산에서 술을 마시니 국화가 쫓겨난 신하를 비웃는다는 내용이 있다.

∞ 장신궁(長信宮) — 중국 한나라 성제에게 총애를 받던 후궁 반첩여가 다른 후궁 조비연 때문에 더 이상 성제의 사랑을 받지 못하고 머물게 된 궁의 이름.

∞ 행단(杏壇) — 공자가 학문을 강의하던 터로, 중국 산동성 곡부현 공자 묘 앞에 있다.

이처럼 말씀하시며 그 꽃 이름을 '선녀가 내려온 꽃'이라는 뜻으로 '강선화(降仙花)'라 하시고 자세히 살펴보니 붉은 안개가 어려 있고 상서로운 기운이 공중에 어려 있었다. 황제께서 매우 기뻐하시고 화단에 옮겨 놓으니 모란화, 부용화가 다 아래 자리로 돌아가고 매화, 국화, 봉선화는 모두 다 자신을 신하라 일컬을 정도였다. 황제께서는 다른 꽃들은 다 버리고 그 꽃만 사랑했다.

하루는 황제께서 당나라의 옛일을 본받아 궁녀에게 명령을 내려 화청지에서 목욕을 하시고 친히 달빛을 따라 화단에서 산책하셨다. 밝은 달빛은 뜰에 가득하고 산들바람이 부는 가운데 강선화 봉오리가 문득 움직이며 가만히 벌어졌다. 무슨 소리가 나는 듯해 몸을 숨기고 찬찬히 살펴보니, 어여쁜 아가씨가 얼굴을 꽃봉오리 밖으로 반만 내놓고 내다보다가 인적에 놀라 도로 후다닥 들어가는 것이었다.

황제께서 문득 몸과 마음이 황홀해지고 의심이 끝없이 일어났으나, 그 자리에 아무리 서 계셔도 다시는 움직임이 없었다. 가까이 가서 꽃봉오리를 가만히 벌리고 보시니 소저 한 명과 미인 두 명이 있었다. 황제께서 반기며 물으셨다.

"너희가 귀신이냐, 사람이냐?"

미인이 즉시 내려와 땅에 엎드려 아뢰었다.

"소녀는 남해 용궁의 시녀인데, 소저를 모시고 바다로 나왔다가 황제의 용안을 뵈었으니 참으로 황공합니다."

황제께서 속으로 생각하셨다.

'옥황상제께서 좋은 인연을 보내셨도다. 하늘이 보내 주신 사람을 받아들이지 않으면 이런 기회가 다시는 오지 않을 것이니 이 여

인을 나의 배필로 정해야겠다.'

이처럼 소저와 혼인하기로 정하시고 태사관을 시켜 혼례 날짜를 잡으니 날짜는 오월 초닷샛날이었다.

소저를 황후로 봉한 황제께서는 혼례 날짜가 되자 명령을 내리셨다.

"이런 일은 전에 없던 것이니 혼례 절차를 특별히 마련하라."

차림새와 행렬이 처음 있는 일이요, 전에는 더욱 없었던 일이었다.

황제께서 잔치 자리에 나와 계시니 꽃봉오리 속에서 두 시녀가 소저를 부축해 모시고 나왔다. 북두칠성 좌우에서 별들이 갈라 서 있는 듯하니 궁궐 안이 휘황찬란해져 소저를 바로 보기 어려울 정도였다.

황제의 혼례는 나라의 경사라 특별히 죄인들을 풀어 주고 남경 갔던 우두머리 사공을 특별히 무장 태수에 임명하셨다. 조정의 신하들은 서로 만세를 부르고 백성들은 모두 황제의 복을 축하했다.

심 황후의 덕과 은혜가 지극하시니 해마다 풍년이 들어 태평성대를 이루었다.

심 황후는 부귀를 누렸으나 마음속에는 늘 부친 생각뿐이었다. 하루는 근심을 이기지 못해 시녀를 데리고 난간에 기대 하늘을 바라보고 있었다.

가을 달은 밝아 산호 발에 비쳐 들고, 귀뚜라미는 슬피 울어 휘장 안으로 흘러들어 황후의 근심을 불러일으켰다. 하늘에서 기러

∞ 태사관(太史官) ─ 하늘의 기운을 살펴 길흉을 점치고 좋은 날짜를 가려 정해 주는 관리.

기가 외로이 울고 내려오니 황후께서 반가운 마음에 바라보며 말씀하셨다.

"기러기야! 거기 잠깐 머물러서 내 말을 들어 보아라. 흉노에게 잡혀 있던 소무가 북해에서 보낸 편지를 전하던 기러기냐? 물은 맑고 모래는 희며 양쪽 물가에 이끼 가득한데 애절한 슬픔을 못 이겨 돌아가던 기러기냐? 도화동의 우리 부친 편지를 갖고 왔느냐? 이별 삼 년에 아버님 소식을 못 들었구나. 편지를 써 네게 전할 테니 부디부디 편지를 전해 주어라."

그러고는 방에 들어가 붓을 들고는 편지를 쓰려 할 때 눈물이 먼저 떨어지니, 글자는 눈물에 젖고 글은 앞뒤가 잘 맞지 않았다.

슬하를 떠나온 지 해가 세 번 바뀌니, 아버님 그리워 쌓인 한이 바다와 같이 깊습니다. 엎드려 생각건대, 그동안 아버님 몸은 평안하셨는지 그리운 마음을 이루 다 아뢸 길이 없습니다. 불효녀 심청이 뱃사람을 따라갈 때 하루 열두 번씩이나 죽고 싶었습니다. 그러나 틈을 얻지 못해 대여섯 달을 물 위에서 자고 끝내는 인당수에 가서 제물이 되었습니다. 그랬더니 하늘이 도우시고 용왕이 구하셔서 세상에 다시 나와 지금은 황후가 되었으니 부귀영화가 지극합니다. 그러나 마음에 맺힌 한 때문에 부귀에도 뜻이 없고 사는 것도 원치 않습니다. 오로지 원하는 것은 아버님을 다시 뵙는 것이니 뵈온 뒤에는 그날 죽어도 한이 없겠습니다. 아버님이 저를 보내고 근근이 지내시면서 제가 오기만을 기다리실 줄은 분명히 알지만, 죽었을 때는 혼 때문에 소식이 막혔고 살았을 때는 액운 때문에 막혀서 아버님과의 천륜이 끊기게 되었습니다. 그동안에 눈은 뜨셨으며 마을에 맡긴 돈과 곡식은 지금도 보존하고 계시는지요. 아버님 귀하신 몸을 잘 보중하고 계십시오. 하루바삐 뵙기를 진심으로 바라고 진심으로 바라나이다.

 날짜를 얼른 써 가지고 나와 보니 기러기는 간데없고 아득한 구름 너머에 은하수만 기울어져 있었다. 별과 달만 밝아 있고, 가을 바람은 쓸쓸했다. 할 수 없이 편지를 집어 상자에 넣고 소리 없이 울었다.

 이때 황제께서 내전에 들어와 황후를 바라보시니 황후의 얼굴에 근심이 어려 있었다. 푸른 산이 석양에 잠긴 듯하고 얼굴에 눈물 흔적이 있으니 국화가 태양에 시든 듯해 황제께서 물으셨다.

 "무슨 근심이 있으시기에 눈물 흔적이 있소? 황후가 되셨으니 귀하기로는 천하에서 제일이요, 사방을 차지했으니 부유하기로는 인간 중에서 제일이오. 그런데 무슨 일이 있어 이렇듯 슬퍼하시오?"

 "제가 바라는 것이 있으나 감히 아뢰지 못하였나이다."

 "바라는 것이 무엇인지 자세히 말씀해 보시구려."

 심 황후가 꿇어앉아 아뢰었다.

 "저는 원래 용궁 사람이 아닙니다. 아비의 눈이 떠지도록 뱃사람에게 저를 제물로 팔아 인당수에 빠졌던 것입니다."

 이러한 사연을 자세히 아뢰니 황제께서 듣고 말씀하셨다.

 "그런 일이 있었으면 어찌 진작 말씀하지 않으셨소? 어렵지 않은 일이니 너무 근심하지 마시오."

 다음 날, 황제께서 신하들과 의논하시고 황주로 문서를 보내 심학규를 모시고 오라고 하셨으나, 황주 자사가 글을 올렸기에 뜯어보니 '본 고을 도화동에 맹인 심학규가 있었으나 일 년 전에 길을 떠나 거처를 알 수가 없습니다.'라는 내용이었다.

황후께서 그 소식을 들으시고는 슬픔을 이기지 못해 눈물을 흘리시니 황제께서 간절히 위로하셨다.

"죽었으면 할 수 없지만 살아 있으면 만날 날이 있을 것이니 너무 걱정하지 마시오."

황후께서 깨달으신 바가 있어 황제께 아뢰었다.

"제게 계책이 하나 있으니 들어주십시오. 폐하의 신하 아닌 백성이 없건만, 백성 가운데 불쌍한 사람이 홀아비, 과부, 부모 없는 자식, 자식 없는 부모입니다. 그보다도 불쌍한 사람은 몸이 불편한 사람들이요, 그중에서도 맹인이 가장 불쌍하니 천하의 맹인을 모두 불러 잔치를 베풀어 주십시오. 저들은 하늘과 땅, 해와 달, 검고 희며 길고 짧은 것, 부모와 처자를 보아도 보지 못하니 그 쌓인 한을 풀어 주십시오. 그리하시면 저의 부친을 만날 수도 있을 것이니, 이는 저의 소원일 뿐만 아니라 또한 나라에도 좋은 일이 될 듯합니다. 제 계책이 어떠한지요?"

황제께서 황후를 크게 칭찬하시고, 온 나라에 알리셨다.

'지방 수령들은 고을에 사는 맹인의 이름을 한 사람도 빠짐없이 적어 올려 보내고, 이번에 벌이는 맹인 잔치에 참석할 수 있게 하라. 잔치에 참석하지 못하는 맹인이 단 한 명이라도 있으면 그 고을의 수령은 중한 벌을 받게 될 것이다.'

이처럼 명령을 내리시니 온 나라 고을의 수령이 놀라고 두려워해 득달같이 시행했다.

인당수에 빠진 심청이가 용왕의 보살핌 덕분으로 연꽃을 타고 다시 인당수로 떠올랐다는 이야기가 백령도에 전해지는데, 그 연꽃이 연화리 앞바다를 떠돌다가 연봉 바위에 걸려 심청이가 환생했다는 내용이래.

『심청전』의 뿌리를 찾아서

효녀 심청 이야기, 어디서 시작되었을까요?

『춘향전』이나 『흥부전』 같은 고전 소설들은 설화를 바탕으로 해서 이루어졌습니다. 이런 설화에는 실제 지명이 나오기도 해서 정말로 춘향이나 흥부가 그곳에서 살았던 것은 아닐까 하는 궁금증을 자아냅니다. 『춘향전』의 무대는 전라북도 남원으로 알려져 있습니다. 그러면 『심청전』의 무대는 어디일까요? '황주 도화동'이라고 되어 있지요? 지금의 황해도 황주를 가리키는 것 아닐까 하는 추측을 해 볼 수 있습니다. 소설 속의 지명이 오늘날의 지명과 비슷하다고 해서 소설의 무대가 바로 그곳이고, 소설 속의 등장인물이 실존 인물이며, 소설 속의 사건이 실제로 일어났던 일이라고 할 수는 없지만, 그런 상상을 해 볼 수는 있습니다. 그리고 그 상상 때문에 현실에서 논란을 빚기도 합니다.

『심청전』의 무대가 우리나라 서북쪽 섬들 가운데 가장 북쪽에 있는 백령도라고 알려진 적이 있습니다. 백령도 북쪽의 황해도 황주가 심청이 태어난 황주 도화동이며, 백령도가 바라보이는 북한의 장산곶 근처 거친 바다가 인당수라는 주장이었습니다. 그런데 전라남도 곡성이야말로 심청이 태어난 곳이라는 주장도 있습니다. 무엇을 근거로 그런 주장들을 하게 되었는지 살펴볼까요?

정말 백령도에 '연화리'라는 지명이 있고, '연봉 바위'도 있구나! 다 연꽃과 관련이 있는 이름이야! 심 봉사가 살았다는 황주 도화동도 황해도 황주에 있는 마을 아닐까?

비슷한 이야기가 전라도 곡성에도 전해지고 있대. 아내를 잃은 장님 원량이 딸 홍장과 함께 살고 있었는데, 스님에게 시주를 약속했다가 내줄 게 없어 딸을 시주했대. 그때 중국 왕이 왕비를 잃었는데, 꿈에서 신선이 백제 사는 홍장이 왕비가 될 것이라고 예언해 신하를 보내 홍장을 모셔 가. 홍장은 왕비가 되었지만 아버지와 고향을 그리워하지.

아, 「관음사 사적기(觀音寺寺跡記)」를 말하는구나! 그 이야기라면 내가 잘 알지. 향수병에 걸린 홍장은 관음상을 배에 실어 백제로 띄워 보냈대. 옥과에 살던 성덕이라는 여자가 그 배를 발견하고 관음상을 모실 곳을 찾다가 적당한 곳이 눈에 띄어 절을 지었는데, 그게 바로 성덕산 관음사래.

잘 아는구나! 원량이 딸과 이별한 슬픔 때문에 계속해서 울다가 홀연히 눈을 뜨게 되었다는 것도 알고 있겠지? 더 오래된 이야기가 있는데, '거타지(居陀知) 설화'라고 들어 봤니? 내가 짧게 정리했으니 읽어 봐. 신라 진성여왕 때의 명궁 거타지에 대한 설화인데, 백령도가 배경이고 『심청전』과 관계가 깊대.

거타지 설화

거타지는 진성여왕의 막내아들 양패가 당나라에 사신으로 갈 때 그들을 호위하던 무사 가운데 한 사람이었다. 항해 도중 일행은 곡도(鵠島, 백령도의 옛 이름)에서 풍랑을 만났다. 양패가 사람을 시켜 점을 치게 하니 '섬에 있는 신령스런 연못에서 제사를 지내야 한다.'는 점괘가 나왔다. 일행이 제사를 지내자 물이 높이 솟아올랐고, 그날 밤 양패의 꿈에 한 노인이 나와 '활을 잘 쏘는 사람 하나만 섬에 두고 떠나면 순풍을 얻을 것'이라고 했다.

섬에 남을 사람을 정하기 위해 각자의 이름을 쓴 나뭇조각을 물에 놓자 거타지라 쓴 나뭇조각만 물에 잠겼다. 거타지가 홀로 섬에 남아 있을 때 한 노인이 연못에서 나와 자기는 서해의 신인데 매일 해가 뜰 때마다 하늘에서 중이 내려와 다라니를 외며 연못을 세 바퀴 돈 뒤 자기 가족을 모두 물 위에 뜨게 하여 간을 빼 먹어서 이제는 자기 부부와 딸 하나만 남아 있다며, 그 중이 보이면 활로 쏘아 달라고 했다. 다음 날 아침 중이 노인의 간을 먹으려고 할 때 거타지가 활을 쏘자 중은 늙은 여우로 변해 죽었다. 노인은 보답으로 자기의 딸을 아내로 삼아 달라고 했다. 노인은 딸을 꽃으로 변하게 해 거타지에게 주고, 두 마리 용에게 명해 거타지를 받들고 사신으로 가는 배를 뒤쫓아가 당나라까지 그 배를 호위하게 했다. 당나라 사람들은 용 두 마리가 배를 호위하고 있는 것에 놀라 임금에게 아뢰니 당나라 임금은 신라 사신을 비상한 사람이라고 여겨 성대히 대접하고 후한 상까지 내렸다. 신라에 돌아온 거타지는 꽃을 여자로 변하게 하여 행복하게 살았다.

노인의 딸이 꽃으로 변했다가 다시 사람으로 변하는 건 『심청전』에서 심청이가 인당수에 빠진 뒤에 연꽃에서 나와 황후가 되는 형태로 전승되었대. 그러니까 거타지 설화는 『심청전』의 뿌리라고 할 수 있지.

심봉사, 황성에 가다

그때 심 봉사는 뺑덕 어미와 함께 여기저기 떠돌아다니고 있었다. 하루는 들으니 황성에서 맹인 잔치를 연다고 하는 것이었다. 심 봉사가 뺑덕 어미에게 말했다.

"사람이 세상에 났으니 황성 구경을 한번 해 보세. 낙양 천 리 멀고 먼 길을 나 혼자 갈 수는 없으니 함께 황성에 가는 것이 어떠한고?"

"예, 갑시다. 그리하오."

심 봉사가 그날로 길을 떠나 뺑덕 어미를 앞세우고 며칠을 가 한 고을에 당도해 묵게 되었다. 그 근처에 황 봉사라는 반소경이 있었는데, 집안이 넉넉했다. 뺑덕 어미가 음탕하여 서방질을 잘한다는 소문을 들은 황 봉사는 뺑덕 어미를 만나 보는 것이 평생의 소원이었다. 그러던 차에 뺑덕 어미가 온다는 말을 듣고 심 봉사가 묵게 된 집의 주인과 의논하여 뺑덕 어미를 빼내려고 했다. 주인이 뺑덕 어미를 온갖 말로 설득하니 뺑덕 어미는,

'심 봉사를 따라가도 잔치에 참석할 일이 없고, 집으로 돌아간들 집안 형편도 전만 못하고 살길이 전혀 없으니 차라리 황 봉사를 따르면 말년 신세는 참으로 편안하리라.'

하고 약속을 단단히 하며 심 봉사가 잠이 들면 그때 내빼리라고 생각했다.

뺑덕 어미는 확고하게 마음을 먹고 누웠다가 심 봉사가 잠이 깊이 든 것을 보고 두말없이 도망쳐 달아났다. 심 봉사가 잠에서 깨어 옆을 만져 보니 뺑덕 어미가 없었다.

"여보시오, 뺑덕이네! 어디 갔는가?"

끝내 기척이 없는데, 윗목 구석에 놓인 고추 섬에서 쥐가 바스락바스락하니 뺑덕 어미가 장난하는 줄로만 알고 심 봉사가 두 손을 딱 벌리고 일어서며,

"나더러 기어 오란 말인고?"

하고는 더듬더듬 기어가니 쥐가 놀라서 달아났다. 그 소리에 심 봉사가 허허 웃으면서 이 구석 저 구석을 쫓아다니다가 쥐가 영영 달아나고 없으니 심 봉사가 가만히 앉아 생각했다.

'헤픈 마음에 영락없이 속았구나.'

뺑덕 어미는 벌써 황 봉사에게 가서 엉덩이를 흔들고 있는데, 어

∞ 반소경(半--) ─ 시력이 약해 잘 볼 수 없는 사람.

찌 그 자리에 있을 수 있겠는가!

"여보, 주인네! 우리 집 마누라가 그 안에 있소?"

"그런 일 없소."

심 봉사가 그제야 뻉덕 어미가 달아난 줄을 알고 혼자 탄식하며 말했다.

"여봐라, 뻉덕 어미야! 날 버리고 어디로 갔는가? 이 무심하고 고약한 계집아! 이제 황성 천 리 먼먼 길에 누구와 벗을 삼아 갈까?"

심 봉사는 울면서 자신을 꾸짖고는 손을 휠휠 저으며 사람에게 말을 하듯 혼잣말을 해댔다.

"아서라, 이년! 내가 너를 다시 생각하면 세상 물정 모르는 코찡찡이 아들놈이다. 괜히 그런 잡것에게 정들었다가 집안 살림만 탕진하고 길에서 낭패를 보았구나! 다 내 팔자니 누구를 원망하고

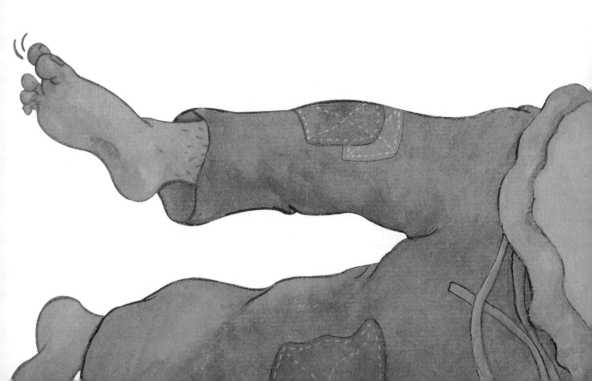

누구를 탓하랴! 현명하고 착하던 곽씨 부인이 죽었는데도 내가 아직 살아 있고, 하늘이 낸 효녀 심청이가 물에 빠져 죽었는데도 살아 있는데, 저런 년 없다고 내가 못 살겠는가? 저런 년을 생각하면 내가 개아들 놈이다!"

날이 밝아 다시 길을 떠나니 때는 오뉴월이었다. 더위는 심하고 땀은 흘러 등에 땀이 비 오듯 하므로 시냇가에 옷과 봇짐을 벗어 놓고 목욕을 했다. 목욕을 다 하고 보니 옷과 보따리가 간 곳이 없었다. 강변으로 다니며 두루 찾으니 더듬더듬 더듬는 모습이 사냥개가 메추리 냄새를 맡는 듯했다. 이리저리 더듬어 본들 어찌 찾을 수 있겠는가. 심 봉사가 오도 가도 못해 목놓아 통곡했다.

"애고애고, 낙양 천 리 멀고 먼 길을 어찌 가리! 네 이놈, 좀도적 놈아! 내 것을 가져가서 날 아무것도 못하게 하느냐? 허다한 부잣집의 먹고 쓰고 남는 재물이나 가져다 쓸 것이지, 눈먼 놈의 것을 가져다 먹고 온전할까 싶으냐! 이제 누구에게 밥을 빌어먹으며, 누구에게 옷을 얻어 입겠는가. 귀머거리나 절름발이가 다 몸이 불편한 것이 서럽다 하되 천하 만물은 분별할 수 있으니, 나는 무슨 팔자로 소경이 되었는고!"

심 봉사가 한참을 울며 탄식하는데, 무창 태수가 황성에 다녀오다가 그 모습을 보고는,

"이놈, 물렀거라! 어험!"

하며 한참을 왁자지껄 떨떨거리며 오니 심 봉사가 길을 비키라는 소리를 반겨 듣고,

'옳거니! 어느 고을 수령이 오나 보다. 되든 안 되든 억지나 좀 부려 봐야겠다.'

하고 독기를 품고 앉았다가 태수가 가까이 오자 두 손으로 사타구니를 가리고 엉기적엉기적 기어서 나갔다. 이에 좌우의 나졸들이 달려들어 밀쳐 내니 심 봉사가 무슨 유세나 하는 듯이 말했다.

"네 이놈들아! 나를 막 대했겠다! 나는 지금 황성 맹인 잔치에 가는 소경이다. 네 이름은 무엇이며, 이 행차는 어느 고을 행차인지 어서 일렀거라!"

한참을 이렇게 서로 다투고 있으니 무창 태수가 심 봉사에게 말했다.

"너는 어디 사는 소경인데, 발가벗고서 무슨 말을 하려는 게냐?"

그제야 심 봉사가 나긋한 말투로 아뢰었다.

"예, 저는 황주 도화동 사는 심학규입니다. 황성으로 가는 길에 날이 심하게 더워 목욕이나 하고 가려고 잠깐 씻고 나와 보니 어느 좀도적이 옷과 봇짐을 다 가져갔습니다. 제 몰골이 참으로 이른바 낮에 돌아다니는 도깨비요, 앞뒤에 골짜기만 있는 오도 가도 못하는 형편입니다. 옷과 봇짐을 찾아 주시든지, 아니면 알아서 처분해 주십시오. 그렇게 하지 않으시면 저는 잔치에 가지 못할 것입니다. 나리께서 특별히 살펴 주시기를 바라나이다."

태수가 그 말을 듣고 불쌍히 여겨 말했다.

"네가 하는 말을 들어 보니 유식한 사람인 것 같구나. 억울한 사연을 적은 글을 올려라. 그러면 옷과 노자를 주겠다."

"글은 좀 하지만 눈이 어두우니 사람을 하나 붙여 주시면 불러 주어 쓰게 하겠습니다."

태수가 사람을 붙여 주니 심 봉사가 억울한 사연을 말하되, 서슴지 않고 좌좌 지어 올렸다. 태수가 받아 읽어 보니 그 내용은 이러했다.

제가 하늘에 죄를 얻어 타고난 팔자가 기박합니다.
밝기로는 해와 달보다 밝은 것이 없지만
두 눈이 어두워 분간하지를 못하고
즐거움으로는 부부보다 더한 것이 없지만
저승의 아내를 다시 만나지 못함이 한스럽습니다.
일찍이 청운의 꿈을 품었으나

늘그막에 머리털만 하얗게 센 궁한 처지가 되었습니다.

눈물은 마를 날 없이 옷깃을 적시고

한은 끝이 없어 미간을 찡그리게 합니다.

아침에 늙고 저녁에 늙으니 피부를 보면 늙은 것을 알 수가 있습니다.

입에 풀칠은 할 만하니 빨래하는 아낙이 아직 있어서인데

옷으로 몸을 가릴 수 없으니 제가 어느 집에선들 편안히 있겠습니까.

지금 우리 임금께서 거룩하시어 맹인 잔치를 열어 주신다 하니

임금님의 은혜는 따뜻한 햇볕과 같아 깊은 골짜기까지 비추어 주셔서

동서남북으로 도성에서 시골까지 두루 미쳐 있습니다.

갈 길은 먼데 가진 것은 지팡이 하나뿐이요,

집안이 가난하여 차고 있는 것은 대그릇과 표주박뿐입니다.

날이 더워 냇가에서 목욕을 하다가

옷과 봇짐을 백사장에서 잃어버렸으니

수많은 나그네 틈에서 찾기가 어렵습니다.

스스로 신세를 생각하면 그물에 걸린 양과 같습니다.

옷을 벗은 맨몸은 낮에 나온 도깨비 같고,

흰 낮으로 슬피 하소연하는 것은 그림자 없는 귀신과 같습니다.

나리는 재주가 있고 잘 다스리는 분이시니

화살에 맞은 새를 구하시고

물에 나온 물고기를 구해 주셔서

고금에 없던 이 어려움을 도와주시면

이생에서 다시 살려 주신 은혜를 기릴 것이니

잘 처리하여 주십시오.

태수가 칭찬하고 통인을 불러 옷을 한 벌 내주고, 급창을 불러 가마 뒤에 달린 갓을 떼어 주고 수행 관리를 불러 노잣돈을 주는데, 심 봉사가 또 말했다.

"신이 없어 못 가겠습니다."

"신이야 어쩔 수 있느냐? 하인의 신을 주자 하니 저들이라고 신을 벗고 가랴?"

그런데 마침 그중에 마부질을 심하게 해 말 탄 손님의 돈을 뜯어내어 말죽 값도 열 푼이면 될 것을 열두 푼이라며 뜯어 내고 신이 성해도 떨어졌다 하고 신값을 총총이 훑어 내어 신을 사서 말 궁둥이에 달고 있는 사람이 있었다. 태수가 그자의 소행이 괘씸해 그자의 신을 주라고 하니 급창이 달려들어 벗겨 주었다.

심 봉사가 신을 얻어 신은 뒤에 말했다.

"오동나무와 대나무로 딱 맞게 담뱃대를 맞췄는데, 그 흉한 도적놈이 속도 아직 안 메운 것을 가져갔으니 오늘 가면서 물 담뱃대가 없습니다."

"그렇다면 어떻게 하자는 말이냐?"

"글세, 그렇단 말씀입니다."

태수가 웃으며 담뱃대를 내주자 심 봉사가 받은 뒤에,

"황송하지만 담배 한 대 맛보면 좋을 듯합니다."

하니, 태수가 방자를 불러 담배를 내주었다.

심 봉사가 하직하고 황성으로 올라갈 때 대성통곡하며 탄식했다.

"길 가는 중에 어진 수령을 만나 옷은 얻어 입었으나 길을 인도할 사람이 없으니 어떻게 찾아갈까!"

한 곳에 당도하니 나무 그늘 우거지고 향기로운 풀은 옆으로 기울어져 있었다. 앞냇가의 버들은 푸른 휘장을 두르고 뒷냇가의 버들은 초록 휘장을 둘러 늘어져 있으니 모두 하늘하늘 휘늘어져 있었다. 심 봉사가 그늘에 들어가 쉬는데, 갖가지 빛깔의 새들이 짝을 지어 지저귀며 날아들었다.

  말 잘하는 앵무새며 춤 잘 추는 학두루미, 따오기며 청망산 기러기, 갈매기, 제비가 모두 다 날아든다. 장끼는 낄낄, 까투리는 푸두둥, 방울새는 덜렁, 호반새는 수루룩, 온갖 잡새가 다 날아든다. 만수문 앞에 풍년새며, 저 쑥국새가 울음을 운다. 이 산으로 가면서 쑥국쑥국, 저 산으로 가면서 쑥국쑥국. 저 꾀꼬리가 울음을 운다. 머리 곱게 빗고 물 건너로 시집가자. 저 까마귀가 울고 간다. 이리로 가며 갈곡, 저리로 가며 꽉꽉. 저 집비둘기가 울음을 운다. 콩 하나를 입에 물고 암놈 수놈이 어르느라고 둘이 혀를 빼어 물고 구루우 구루우 어르는 소리를 내었다.

  심 봉사가 점점 나아가니 뜻밖에도 목동들이 낫자루를 손에 쥐고 지겟다리를 두드리면서 목동가를 부르며 심 봉사를 보고 희롱을 했다.

  첩첩이 쌓인 산은 우뚝 높이 솟아 있고
  푸른 산에 푸른 물이 넘실넘실 깊구나.
  술병 속의 세계가 넓은 바다와 같다더니 바로 여기로구나.

∞ 통인(通引) — 관아에서 잔심부름을 하던 구실아치.
∞ 급창(及唱) — 조선 시대에 군아에 속해 원의 명령을 큰 소리로 전달하는 일을 맡아보던 사내종.
∞ 쑥국새 — 산비둘기의 전라도 사투리.

지팡막대를 비껴들고 천 리 강산을 들어가니,

하늘 높고 땅은 두터워 이 산속에 놀 데가 많구나.

동녘 산에 올라 천천히 휘파람 불고, 맑은 냇가에 앉아 시를 짓는도다.

산천의 기운이 좋거니와 남해의 풍경이 그지없다.

좋은 경치 못 이기어 칼을 빼어 높이 들고,

푸른 산 그늘 속에 오락가락 내다보고

동서남북의 산과 시내와 들을 배회하며 한 번 구경하네.

산 고을 두세 집이 떨어지는 꽃잎 속에 저녁 연기로 잠겨 있구나.

깊은 산골에 은둔한 선비는 어디에 있는고, 물을 곳이 없구나.

무심한 저 구름은 가을 봉우리마다 어려 있네.

여유로운 까마귀는 푸른 산속을 왕래한다.

황정견이 있던 골짜기가 어디인고, 도연명이 살던 오류촌이 여기로구나.

시인 영척은 소를 타고 맹호연은 나귀를 탔네.

두목지를 보려고 백낙천 가로 내려가니

장건은 배를 타고 여동빈은 백로를 타고,

맹교 너른 들에 와룡강 가로 내려가니

팔진도 측지법은 제갈공명뿐이겠느냐.

이 산속에 들어오신 분은 심 맹인이 분명하다.

이리저리 노닐면서 종일토록 즐기니,

산과 물을 좋아하며 인의예지를 지킬 것이라.

솔바람으로 거문고를 삼고 폭포로 북을 삼아

소소한 시비일랑 다 버리고 흥에 겨워 노닐 적에

아침에 깬 술을 점심때 또 먹으며

피리를 손에 들고 곡조를 노래하니

상산의 네 선비가 몇인고, 나까지 하면 다섯이요.

죽림의 일곱 선비가 몇인고, 나까지 하면 여덟이구나.

고소성 밖 한산사의 저녁 종소리 들리는 데가 여기로다.

시왕전에서 경쇠를 치는 저 늙은 중아,

삼천 세계 극락전에 인도하여 환생하게 하는구나.

아미타불 관세음보살 정성으로 외우는데,

힘을 다해 마음을 평안히 하며 옛사람을 생각하니

주나라 시절 강태공은 위수에서 고기를 낚고,

유비의 제갈량은 남양 땅에서 밭을 갈고,

기운이 센 장비는 유리촌에서 밥을 빌고,

∞ 황정견(黃庭堅) — 중국 송나라의 시인이자 화가.

∞ 도연명(陶淵明) — 중국 남조 송나라의 시인.

∞ 영척(寧戚) — 중국 춘추 시대의 현자로, 소를 키우며 살았다 한다.

∞ 맹호연(孟浩然) — 중국 당나라의 시인으로, 겨울에 매화를 찾으러 나귀를 타고 파교라는 다리를 건 넜다는 일화로 유명하다.

∞ 두목지(杜牧之) — 중국 당나라의 시인.

∞ 백낙천(白樂天) — 중국 당나라의 시인으로, '백낙천 가로 내려간다'는 말은 '낙천'의 '천'을 '천(川)' 으로 보아 언어유희를 한 것이다.

∞ 장건(張騫) — 중국 한나라의 외교가로, 무제의 명을 받고 흉노에 대항하기 위해 서역에 가 동맹 을 맺은 공 때문에 실크로드를 개척했다는 평가를 받는다.

∞ 맹교(孟郊) — 중국 당나라의 시인으로, '맹교 너른 들'이라고 한 것은 맹교의 '교'의 뜻이 '들판' 인 것에 착안하여 언어유희를 한 것이다.

∞ 와룡강(臥龍江) — 와룡은 제갈공명을 이르는 말로, 제갈공명은 중국 삼국 시대 촉의 군주 유비 의 모사였다. 와룡강 또한 와룡을 이용한 언어유희에 해당한다.

∞ 상산의 네 선비 — 중국 진나라에서 한나라에 걸쳐 상산에 숨어 살았던 네 명의 은자. 이들을 상 산사호(商山四皓)라 이른다.

∞ 죽림의 일곱 선비 — 중국 진나라 때 노장의 무위 사상을 숭상하며 죽림에 모여 세월을 보낸 일곱 명의 선비. 이들을 죽림칠현(竹林七賢)이라 이른다.

이 산속에 들어오신 심 맹인 또한 때를 기다리라.

목동들이 이렇게 심 봉사를 빗대어 노래를 하는 것이었다.

심 봉사가 목동들과 이별하고 조금씩 앞으로 나아가 여러 날 만에 황성 가까이에 이르렀다. 낙수교를 얼른 지나 나무 우거진 도성에 들어가니 한 곳에 방아 찧는 집이 있었다. 여자 여럿이 방아를 찧고 있으니 심 봉사가 더위를 식히려고 그 집 그늘에 앉아서 쉬었다. 여자들이 심 봉사를 보고 말했다.

"애고, 저 봉사도 잔치에 오는 봉사인가 보오."

"요사이에 봉사들이 살판나게 생겼네."

"봉사님, 그리 앉아 있지 말고 방아나 찧어 주소."

심 봉사가 그제야 속으로 헤아리되,

'옳지, 양반집 종이 아니면 상놈의 아낙네로다. 놀리기나 해 보리라.'

하고, 이렇게 대답했다.

"천 리 타향에서 온 사람에게 방아를 찧으라 말하는 태도가 자기 집안사람에게 하듯 버릇없네그려. 무엇이든 좀 주면 찧어 주겠네."

"애고, 그 봉사 음흉하기도 해라! 주기는 무엇을 주나. 점심이나 얻어먹지."

"점심이나 얻어먹으려고 찧어 줄까?"

"그러면 무엇을 줄까? 고기나 줄까?"

"고기를 주기가 쉬울라고?"

"줄지 안 줄지 어찌 알겠소? 우선 방아나 찧고 보시오."

"옳지, 그 말이 반은 허락한 것이로다."

방아에 올라서서 떨구덩 떨구덩 찧으면서 심 봉사가 지어내어 말했다.

“내 방아 소리를 잘하지만, 누가 알아주겠소.”

　사람들이 그 말을 듣고 조르니 심 봉사가 못 이기는 척 방아 소리를 한다.

　어유아 어유아 방아요.

　태곳적 천황씨는 나무의 덕으로 왕 노릇을 하시니 이 나무로 왕을 하셨는가.

　어유아 방아요.

　유소씨가 나무에다 집을 지으니 이 나무로 집을 얽었는가.

　어유아 방아요.

　신농씨가 나무로 쟁기를 만드니 이 나무로 따비를 했는가.

　어유아 방아요.

　이 방아가 누구의 방아인가, 각 댁 하녀의 가죽 방아인가.

　어유아 방아요.

　떨구덩 떨구덩, 허첨허첨 찧은 방아 강태공의 낚시 방아.

　어유아 방아요.

　적막공산의 나무를 베어 이 방아를 만들었네.

　방아의 모습을 보니 이상하고 이상하다.

　사람을 본떴는가, 두 다리를 벌렸는데

　고운 얼굴에 꽂힌 비녀를 보았는지 중간에 비녀를 찔렀구나.

　어유아 방아요.

길고 가는 허리를 보니 초왕의 우미인 넋이런가.
그네 뛰던 발로 이 방아를 찧었겠구나.
　어유아 방아요.
　머리 들고 있는 모습은 푸른 바다의 늙은 용이 성을 낸 듯,
　머리 숙여 좇는 모습은 술에 취한 왕이 고개를 숙인 것인가.
　어유아 방아요.
오고대부 백리해가 죽은 뒤에 방아 소리가 끊겼더니
우리 임금 착하셔서 나라가 태평하고 백성이 평안하며
하물며 맹인 잔치는 고금에 없었으니
우리도 태평성대에 방아 소리나 해 보세.
　어유아 방아요.
한 다리를 높이 밟고 오르락내리락하는 모습에 실룩벌
룩 삐쭉빼쭉 조개로다.
　어유아 방아요.
　얼씨구 좋을시고 지화자 좋을시고.

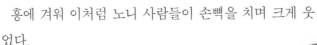

흥에 겨워 이처럼 노니 사람들이 손뼉을 치며 크게 웃
었다.
　그럭저럭 방아를 찧어 주고 점심을 얻어
먹고는 봇짐에다 술을 넣어서 지고 지팡
이를 착 쥐고 나섰다.
　"자, 잘들 있으오. 잘 얻어
먹고 가오."
　"그 봉사 심심치 않아서 좋

은데 잘 가고, 내려올 때 또 오시오."

심 봉사가 성안으로 들어가니 장안이 모두 소경들로 가득해 서로 부딪쳤으므로 다니기가 힘들었다.

한 곳을 지나가니 한 여인이 문밖에 서 있다가 말했다.

"저기 가는 게 심 봉사시오?"

"게 누군고? 날 아는 이가 없을 것인데 누가 나를 찾소?"

"여보, 댁이 심 봉사 아니오?"

"그렇소만, 나를 어찌 아시오?"

"그럴 일이 있으니 게 잠깐 머물러 계시오."

그러고는 외당에 앉히고 저녁밥을 대접하니, 심 봉사는 속으로 이상하게 여겼으나 음식 솜씨가 보통이 아니어서 밥을 달게 먹었다. 날이 저물어 황혼이 되니 그 여인이 다시 나와 말했다.

"여보시오, 봉사님. 날 따라 내당으로 들어가십시다."

"이 집 바깥주인이 안 계신지는 모르겠소만, 어찌 남의 내당에 들어가겠소?"

"그것은 허물로 여기지 마시고 저만 따라오시오."

"여보시오, 무슨 근심이 있어 이러시오? 나는 경도 읽을 줄 모르오."

"여보, 헛말씀은 그만하시고 들어나 가 보시오."

∞ 우미인(虞美人) — 항우의 애첩으로, 절세의 미인이었다고 한다.

∞ 오고대부(五羖大夫) 백리해(百里奚) — 백리해는 중국 춘추 시대 때 진나라 목공이 패업을 이루도록 도운 인물이다. 목공이 다섯 장의 양가죽으로 초나라로부터 백리해를 사서 발탁했다 하여 오고대부라 불린다. 백리해가 죽었을 때 아이들은 노래를 부르지 않고 방아 찧는 사람은 절구질을 하지 않았다고 한다.

이렇게 말하며 지팡이를 끌어당기니 심 봉사가 끌려가며 의심이 나서,

'아뿔싸, 내가 보쌈을 당하나 보구나. 위험하다.'

하고 대청마루에 올라가 자리에 앉으니 동편에 있던 한 여인이 물었다.

"심 봉사신가요?"

"나를 어찌 아시오?"

"다 아는 수가 있습니다. 먼 길을 평안히 잘 오셨습니다. 제 성은 안가입니다. 황성에서 대대로 지냈는데, 불행히 부모님이 다 돌아가시고 혼자서 이 집을 지키고 있습니다. 올해 나이는 스물다섯으로, 아직 혼인을 하지 못했습니다. 일찍이 점술을 배워 배필이 될 사람을 가리려 했는데, 일전에 꿈을 꾸니 한 우물에 해와 달이 떨어져 물에 잠기기에 제가 건져서 품에 안는 꿈이었습니다. 하늘의 해와 달은 사람의 눈입니다. 해와 달이 떨어졌으니 저와 같이 맹인인 줄을 알겠고, 물에 잠겼으니 심씨인 줄을 알았습니다. 일찌감치 종을 시켜 문을 지나는 맹인을 차례대로 물은 것이 여러 날입니다. 천우신조하여 이제서야 만나게 되었으니 이것도 인연인가 합니다."

안씨 맹인이 종을 불러 차를 들여 권한 뒤에,

"사시는 곳은 어디시며 어떻게 되시는 분이신지요?"

하니, 심 봉사가 자기가 살아온 길을 하나하나 빠짐없이 말하며 눈물을 흘렸다.

안씨 맹인이 심 봉사를 위로하고 그날 밤에 잠을 같이 잤는데, 심 봉사가 근심에 쌓여 앉아 있으니 안씨 맹인이 물었다.

"무슨 일로 즐거운 빛이 없으십니까? 제가 도리어 무안합니다."

"본디 팔자가 기구해 평생을 두고 경험한 바로는 좋은 일이 있으면 언짢은 일이 생겼소. 또 간밤에 꿈을 꾸었는데 평생 불길할 징조라오. 내 몸이 불에 들어가고 내 가죽을 벗겨 북을 만들고 또 나뭇잎이 떨어져 뿌리를 덮는 것이 보이니 이것이 내가 죽는 꿈이 아니겠소?"

"그 꿈 참 좋습니다. 흉한즉 곧 길합니다. 제가 해몽을 해 드리겠습니다."

다시 세수를 하고 향을 피우고서 단정히 꿇어앉아 산통을 높이 들고 축원하는 글을 읽은 뒤에 괘를 풀어 글을 지어 썼다.

몸이 불 속에 들어가니 만날 기약이 있을 것이요,

가죽을 벗겨 북을 만드니 북은 궁의 소리라 궁궐에 들어갈 징조요,

낙엽이 떨어져 뿌리로 돌아가니 자손을 만날 수 있을 것이라.

"참으로 좋은 꿈이니 정말 반갑습니다."

심 봉사가 웃으며 말했다.

"속담에 '천부당만부당'이요, '가죽과 살을 구분하지 못함'이요, '지어낸 말'이란 말이 있소. 내 본디 자손이 없으니 누구를 만나며 맹인 잔치에 가면 당연히 궁궐에 들어가고 밥도 먹게 될 것이 아니겠소?"

"지금은 제 말을 믿지 않으시나 나중에 두고 보시지요."

심청이와 심 봉사, 드디어 만나다

심 봉사가 아침밥을 먹은 뒤에 대궐로 가 문밖에 있으니 맹인 잔치에 들라고 명하므로 대궐 안으로 들어갔다. 대궐 냄새가 오죽 좋겠는가마는 빛이 거무칙칙하고 소경 냄새로 진동을 했다.

그때 심 황후께서 여러 날 맹인 잔치를 베풀었으나 이름 적은 책을 아무리 봐도 심씨 맹인이 없으므로 탄식하셨다.

'부친을 뵙고자 벌인 잔치였는데 부친을 뵙지 못하는구나! 부친께서는 내가 인당수에 빠져 죽은 줄로만 알아 슬퍼하시다가 그만 돌아가신 것인가. 몽운사 부처님이 영험하시다니 그 사이에 눈을 뜨게 하시어 부친께서 맹인 잔치에 빠지신 것인가. 오늘이 잔치 마지막

날이니 직접 나가 봐야겠다.'

후원에 자리를 잡으시고 맹인 잔치를 구경하셨는데, 잔치를 마친
뒤에는 맹인 이름을 적은 책을 올리라 해 맹인들에게 옷을 한 벌씩
내주셨다. 맹인들이 다 인사를 올렸는데 명단에 들지 못한 맹인 하
나가 서 있으니 황후께서 어디서 온 맹인인지 물으셨다.

그러자 심 봉사가 겁을 내어,

"저는 집이 없어 하늘과 땅을 집으로 삼고 사방으로 밥을 빌며 떠
돌아다니므로 어느 고을에 산다고 할 수가 없으니 명단에도 들지
못하고 제 발로 들어왔습니다."

하니, 황후께서 반기시고 가까이 오라 하셨다.

심 봉사가 겁을 먹어 어쩔 줄을 모르고 머뭇거리며 다가섰는데, 심 봉사의 얼굴은 몰라볼 만큼 변해 있었고 백발은 성성했다. 황후께서는 삼 년을 용궁에서 지내셨으니 부친의 얼굴이 아득하였다.

"처자는 있는지요?"

심 봉사가 땅에 엎드려 눈물을 흘리며 아뢰었다.

"아무 해에 아내를 잃고 세상에 난 지 이레가 안 되어 어미를 잃은 딸 하나가 있었습니다. 눈이 어두운 중에 어린 자식을 품에 안고 동냥젖을 얻어 먹여 근근이 길렀습니다. 딸이 점점 자라며 효행이 뛰어나니 옛사람보다도 나았습니다. 그런데 요망한 중이 와서 공양미 삼백 석을 시주하면 눈이 떠질 것이라고 했습니다. 신의 여식이 듣고는 아비의 눈이 떠질 것이라는 말에 어찌 가만히 있겠는가 하고 삼백 석을 달리 낼 길이 없으니 저도 모르게 뱃사람들에게 몸을 팔았습니다. 그래서 인당수에 제물로 빠져 죽었으니 그때 나이가 열다섯이었습니다. 눈도 뜨지 못하고 자식만 잃었으니, 자식 팔아먹은 놈이 살아서 무엇하겠습니까? 저를 죽여 주십시오."

황후께서 눈물을 흘리며 그 말을 자세히 들으니 자신의 부친인 줄을 아셨다. 딸이 어찌 아버지의 말이 빨리 끝나기를 기다렸겠는가마는 황후께서는 심 봉사의 말이 끝나기가 무섭게 버선발로 뛰어와 부친을 안고,

"아버지, 제가 인당수에 빠져 죽었던 심청입니다."

하시니, 심 봉사가 어찌나 반갑던지 뜻밖에도 두 눈이 갈라져 떨어지는 소리가 나며 두 눈이 활짝 밝아졌다.

그리고 잔치에 온 맹인들이 심 봉사 눈 뜨는 소리에 한꺼번에 눈들이 희번덕, 짝짝 하며 까치 새끼 밥 먹이는 소리처럼 나더니 뭇 소경이 밝은 세상을 보게 되었다. 게다가 집 안에 있는 맹인, 여자 맹인도 눈이 밝아지고, 배 안의 맹인, 배 밖의 맹인, 반소경, 청맹과니도 다 눈이 밝게 되니 맹인에게는 천지개벽이나 다름없었다.

심 봉사가 반갑기는 반가우나 눈을 뜨고 보니 낯선 얼굴이었다. 딸이라 하니 딸인 줄 알았지만 처음 보는 얼굴이었으므로 알 수가 없었다. 그래도 좋아서 죽을동 살동 춤을 추며 노래를 했다.

얼씨구절씨구 지화자 좋을시고.

홍문에서 연 잔치에서 항우가 아무리 춤을 잘 춘들 내 춤을 어찌 당하며,

한 고조가 천하를 얻을 때 칼춤을 춘다 한들 내 춤을 어찌 당하겠는가.

어화 백성들아,

아들 낳는 데 힘쓰지 말고 딸 낳는 데 힘쓰시오.

∞ 홍문에서 ~ 어찌 당하며 ─ 중국 진나라 말의 무장 항우가 유방과 패권을 다툴 때 유방을 죽이기 위해 홍문(鴻門)에서 잔치를 열고 부하 항장을 시켜 칼춤을 추게 한 일을 말한다.
∞ 한 고조가 ~ 어찌 당하겠는가 ─ 중국 한나라 고조(高祖) 유방이 항우가 연 홍문의 잔치에서 죽을 위기에 처했을 때 그 부하 번쾌가 칼춤으로 맞받아 위기에서 벗어나게 한 일을 말한다.

죽은 딸 심청이를 다시 보니 양귀비가 죽어 환생했는가,

우미인이 도로 환생해 왔는가.

아무리 보아도 내 딸 심청이지.

딸의 덕으로 어두운 눈을 뜨니,

해와 달이 밝아 더욱 좋구나.

밝은 별이 뜨고 상서로운 구름이 이니

온갖 만물이 조화롭게 노래를 하는구나.

태평한 시절을 다시 보니 해와 달이 더욱 빛나도다.

아들 낳는 데 힘쓰지 말고 딸 낳는 데 힘쓰라는 말은

나를 두고 이른 것이구나.

다른 맹인들도 영문을 모른 채 춤추고 노래하며 만세를 불렀다.

지화자 지화자 좋을시고 어화 좋구나.

세월아 세월아 가지 마라.

돌아간 봄은 또다시 돌아오건마는

우리 인생은 한번 늙으면 다시 젊기 어려워라.

옛글에 '좋은 때는 얻기 어렵다.'고 한 것은

만고의 성인 공자와 맹자의 말씀이니

우리 인생에 이보다 좋은 일이 있으랴.

  그날로 황제께서 심 봉사에게 관복을 입히시니 심 봉
사가 임금과 신하의 예로 조회하고 다시 내전에
들어가 몇 년 쌓인 회포를 말하며 안씨 맹

인의 말을 낱낱이 전했다. 황후께서 들으시고 고운 가마를 보내 안씨를 모셔 들여 부친과 함께 지내게 하셨다.

황제께서 심학규를 부원군에 봉하시고, 안씨는 정렬 부인에 봉하시며, 또 장 승상 댁 부인에게는 특별히 금은으로 상을 많이 주셨다. 도화동 사람들에게 부역을 면제해 주시고 금은을 많이 내려 마을의 어려운 일을 도우라고 하시니, 도화동 사람들이 황제의 은혜를 하늘과 바다같이 여겨 감사해 하는 소리가 천하에 진동했다.

무창 태수를 불러 예주 자사로 명하시고 자사에게 황 봉사와 뺑덕 어미를 즉각 잡아 오라고 엄하게 명령하셨다. 예주 자사가 사람을 보내 황 봉사와 뺑덕 어미를 잡아 오자 부원군께서 천청루에 자리를 잡고서 황 봉사와 뺑덕 어미를 꾸짖으셨다.

"네 이 못된 것아! 첩첩한 산중에 밤이 깊은데 천지를 분간하지 못하는 맹인을 두고 황 봉사를 얻어 간 게 무슨 심보냐!"

이처럼 문초하시니 뺑덕 어미가,

"역마을에서 주막을 하는 정연이라 하는 사람의 아내에게 꾀임을 당해 그러했습니다."

하자, 부원군이 더욱 화를 내시며 뺑덕 어미를 능지처참한 뒤에 황 봉사를 부르셨다.

"네 이 못된 놈아! 너도 맹인으로서 남의 아내를 유인해 가니 너는 좋겠지만 잃은 사람은 불쌍하지 않으냐! 네가 한 짓은 마땅히 죽임을 당할 만한 일이지만 특별히 귀양을 보내니 원망하지 마라. 증거를 보여 훗날 세상 사람들이 이처럼 외롭지 못한 일을 본받지 못하게 하려고 한다."

이처럼 하교하시니 조정을 가득 메운 관리들이며 천하의 백성들이 그 덕을 기렸는데, 자손이 번성하고 천하가 태평하며 심 황후의 덕이 천하에 덮이니 백성들이 축원했다.

"만세 만세 억만세를 끝도 없이 누리시기를 바라며 무궁하기를 천번 만번 엎드려 바랍니다."

황후께서 황제께 아뢰기를,

"이러한 경사가 없으니 잔치를 베풀어 주십시오."

하시니, 황제께서 마땅히 여기셨다.

일등 명기와 명창을 다 불러 모으고 관리들을 모아 즐기시니, 천하의 제후가 복종하고 사해의 진귀한 보물을 올렸다.

태평성대를 만난 백성들은 곳곳에서 춤추며 노래했다.

하늘이 낸 효성 우리 황후
높으신 덕이 사방에 덮였으니
요임금과 순임금 시절 같은 태평성대에
노래하며 즐기니
바닷물로 태평주를 빚어
임금님과 함께 취해
만만세를 즐겨 보세.
이러한 태평을 축하하는 잔치에
누가 즐기지 않을까.

이렇듯 노래할 때 황제와 부원군이 황극전에 자리를 잡으시고 춤 잘 추고 노래 잘하는 이들을 불러 즐기며 사흘 동안 잔치를 크게 베푸셨다.

심 봉사,
아들을 낳아 출세시키다

그때 황후와 정렬 부인 안씨가 같은 해 같은 달에 잉태해 아이를
낳으니 두 사람 모두 아들을 낳았다.

황후는 부친이 아들 낳은 것을 들으시고 어진 마음에 자기 일은
접어 두고 황제께 아뢰니 황제 또한 반기시고 피륙과 금은 비단을
상으로 주셨다. 그리고 예관을 보내 위문하셨다.

부원군이 여든을 바라보는 늙은 나이에 아들을 낳아 기쁜 마음이
끝이 없어 밤낮을 모르던 차에 황제께서 선물과 예관을 보내 위로
하시니 황공하고 감사해 하며 몸을 굽혀 정중히 절을 했다. 또 황후
께서도 금은보화를 받들어 예관을 보내 위문하니 부원군은 더욱
기뻐하며 관복을 갖춰 입고 예관을 따라 별궁에 들어가 황후를 뵈
었다. 황후 또한 아들을 낳았으니 즐거운 마음을 어찌 다 헤아릴 수

있겠는가. 황후께서 부친의 손을 잡고 옛일을 생각하고 한편으로는 기뻐하고 한편으로는 슬퍼하시니 부원군 역시 그러하셨다.

그때 부원군이 집에 돌아왔다가 예관을 따라 대궐 섬돌 밑에 다다르니 황제께서 매우 칭찬하셨다.

"경이 늘그막에 귀한 아들을 얻었다 하고, 또한 짐의 태자와 같은 해 같은 달에 잉태해 났다 하니 참으로 반가운 일입니다. 아이가 현명하면 훗날 나라의 일을 의논하겠습니다."

"옛날 공자께서도 말씀하시기를, '아들 낳기가 어려운 것이 아니라 아들을 기르는 것이 어렵고, 아들을 기르는 것이 어려운 것이 아니라 아들을 가르치는 것이 어렵다.'고 하셨으니 훗날을 보십시다."

이처럼 아뢰고 물러나와 아이의 모습을 보니 활달한 기상이며 맑은 골격이 족히 옛사람을 본받았다고 할 만했다. 이름을 태동이라 했다.

아이가 점점 자라 열 살이 되니 총명과 지혜가 무쌍하고 글과 곡조에 능통했다. 부원군과 정렬 부인은 마치 손바닥 안의 보물을 다루듯이 아이를 보살폈다.

무정한 세월이 흐르는 물과 같아 태자가 열세 살이 되었다. 이때 황후께서 태자를 혼인시키려고 하셔서 같은 달, 같은 날에 외삼촌과 조카가 혼인할 수 있도록 황제께 아뢰니 황제께서 기뻐하고 널리 짝을 구하라 하셨다.

그때 마침 좌각로 권성운이 딸 하나를 두었으니 덕행과 자질이 뛰

∞ 예관(禮官) — 예법과 교화를 맡은 관리.

어났고 인물이 특출났다. 한편 연왕에게 공주가 있으니 안양 공주였다. 덕행이 특이하고 만사에 민첩했다. 황제께서 그 소식을 들으시고 연왕과 권성운을 궁궐로 들라 하여 혼인을 청하셨다. 안양 공주와 권 소저 또한 동갑으로서 열여섯 살이었다. 두 사람이 기꺼이 허락하므로 황제께서,

"권 소저는 태자의 배필로 정하고 연왕의 공주는 태동의 배필로 삼는 것이 어떠한고?"

하고 하교하시니 신하들이 모두 좋다고 아뢰었다.

황제께서 즉시 태사관에게 명해 혼일 날짜를 정하라고 하셔서 춘삼월 보름으로 잡으니 나라의 큰 경사였다.

혼인날이 되자 황제께서 큰 잔치를 베푸시니 여러 나라의 제후와 온 조정의 관리가 차례로 모시고 두 부인은 삼천 궁녀가 전후좌우에서 모셔 맞절을 하는 자리에 친히 인도했다. 해와 달 같은 두 신랑은 관리들이 모셨으니 북두칠성을 옆의 별들이 모신 듯했다. 달 같고 꽃 같은 고운 외모의 두 신부는 푸른 저고리, 붉은 치마에 화려한 보석으로 단장하고 온갖 패물을 허리 위로 늘어뜨리고 머리에는 화관을 썼다. 삼천 궁녀 가운데 가장 아름다운 궁녀를 뽑아 두 낭자를 좌우에서 모시게 했으니 달나라의 선녀 항아도 그보다 더 휘황찬란하지는 못할 정도였다. 비단으로 수놓은 휘장을 공중에 둘러치고 맞절을 하는 자리에 나아가니 찬란한 광경은 입으로 말하기 어려울 정도였다.

신부가 폐백을 드린 뒤에 각자 숙소로 돌아갔다. 화촉을 밝힌 첫날밤에 원앙이 푸른 물을 만난 듯 즐거운 정으로 은은히 밤을 지내고 나왔다. 태자가 각로를 황제보다 먼저 보니 각로 부부가 이루 헤

아리지 못할 정도로 기뻐했다. 태동이 또한 연왕 부부를 뵈니 연왕과 왕후가 못내 반기며 기뻐했다.

황제께서 즉시 태자를 부르시니, 태자가 조회에 나가 몸을 굽혔다. 황제께서 기뻐하시고 부원군을 들라 해 같은 자리에서 신랑의 인사를 받게 하셨다. 조정의 관리들에게서 조회를 받으신 뒤 하교하셨다.

"짐이 진작에 태동을 조정에 들이고자 하였으나 혼인하기 전이라 지금까지 벼슬을 내리지 못했도다. 경들의 생각은 어떠한고?"

"사람이 출중하니 하교대로 하옵소서."

이에 황제께서 즉시 태동을 불러 한림학사 겸 간의태부 도훈관 이부시랑 벼슬을 내리셨다. 그리고 그 부인은 왕렬 부인에 봉하시고 금은과 비단을 상으로 내리시며 말씀하셨다.

"경이 예전에는 글 읽는 선비라 나랏일을 돕지 않았지만 오늘부터는 나라의 녹을 먹는 신하니 충성을 다하고 힘을 다해 나랏일을 도우라."

시랑이 몸을 굽히고 물러나와 모친을 뵈니 기뻐하고 반기는 마음을 어찌 말로 다할 수 있겠는가. 또 별궁에 들어가 황후께 절하니 황후께서 기쁨을 이기지 못하나 참고 말씀하시기를,

"신부가 어떠하더냐?"

하시니, 시랑이 자리에서 물러서며 대답했다.

"착한 것 같습니다."

∞ 폐백(幣帛) ― 신부가 처음으로 시부모를 뵐 때 큰절을 하고 올리는 일.

황후께서 또 물으셨다.

"오늘 조정에서 무슨 벼슬을 얻었느냐?"

"이러이러한 벼슬을 얻었습니다."

황후께서 더욱 기뻐 태자와 시랑을 데리고 종일 즐긴 뒤에 석양에 잔치를 마치고 말씀하셨다.

"어서 신부를 본가로 데려가거라."

시랑이 대답하기를,

"어서 데려다가 부모님이 영화를 보시게 할 것입니다."

하니, 황후께서 크게 기뻐하셨다.

그날 태자와 시랑이 물러나오고 며칠 뒤에 부원군이 날을 잡아 왕렬 부인을 데려오게 하시니 부인이 시부모 앞에서 예로써 뵈었고 부원군이며 정렬 부인이 금옥같이 사랑했다. 별궁을 새로 지어 왕렬 부인을 거처하게 했다.

이때 시랑이 낮이면 나랏일에 힘쓰고 밤이면 도학에 힘쓰니 위로부터 아래에 이르기까지 칭찬하지 않는 이가 없었다.

이러구러 시랑의 나이가 스무 살이 되었다. 그때 황제께서 시랑의 명망과 도덕을 신하들에게 물으시고, 하루는 시랑을 불러 말씀하시기를,

"짐이 들으니 경의 명망과 도덕이 나라 안에 진동하니 어찌 벼슬을 아끼겠는가."

하시고 벼슬을 높여 이부상서 겸 태학관을 시키시고 태자와 함께 공부하도록 하셨다. 그 부친 또한 벼슬을 높여 남평왕에 봉하시고, 정렬 부인 안씨를 인성 왕후에 봉하시고, 또 상서의 부인은 왕렬 부인 겸 공렬 부인에 봉하시니 모두 황제께 감사하며 늘 황제의 은혜

를 기렸다.

　그때 남평왕의 나이가 팔순이었다. 우연히 병을 얻으니 무슨 약을 써도 효과가 없었다. 이 일을 당해 황후의 어지신 효성과 부인의 착한 마음으로 병을 고치려고 애썼으나 죽는 자는 다시 살릴 도리가 없으니 남평왕이 병을 얻은 지 이레 만에 별세했다. 온 집안이 슬퍼하고 또한 황후께서 애통해 하며 황제께 아뢰니 황제께서 말씀하시기를,

　"인간 팔십은 예로부터 드물었으니 너무 슬퍼하지 마시오."
하시고 명릉 후원에 왕의 예로 안장하게 하시고 황후께서는 삼년 상복을 입으셨다.

　부원군이 젊어서 고생하던 일을 생각하면 무슨 남은 한이 있겠는가. 어화 세상 사람들아. 옛날과 지금이 다르겠는가. 부귀영화를 누린다 해서 부디 사람을 무시하지 마오. 즐거움이 다하면 슬픔이 오고 고생이 다하면 즐거움이 오는 것은 사람마다 해당되는 일이니…….
심 황후의 어진 이름은 후에도 길이길이 전해지고 있다.

심청이의 생명은
길기도 하구나!

『심청전』은 효(孝)를 주제로 한 우리나라의 대표적인 고전 작품으로,
거타지 설화 같은 여러 근원 설화에서 시작되어 판소리로 퍼졌다가
다시 소설이 되어 많은 사람들의 사랑을 받았습니다.
그리고 오늘날까지도 전해져 여러분들도 읽고 있는 것이고요.
이렇게 오래도록 사람들이 즐길 수 있는 것은 분명 『심청전』만의
독특한 매력이 있기 때문일 것입니다.
그러면 시대마다 모습을 달리하며 우리 곁으로 다가온
『심청전』의 발자취를 더듬어 봅시다.

1846년

1908년

1912년

목판본 소설
방각본의 출현

이전의 소설책은 한 자 한 자 손으로 쓴 필사본
형태로 전해졌는데, 목판으로 인쇄한 방각본이
등장함으로써 책을 빌려 주는 곳이 생겨나기도
하는 등 소설을 읽는 사람이 많아지게 됩니다.
『심청전』도 이때부터 널리 읽히게 되었을
것입니다.

여규형의 잡극
〈심청왕후전〉

우리말 소설 『심청전』을
희곡으로 각색한 것으로, 한자로
표기했습니다. 줄거리에
논리성과 인과성을 부여하려 한
것이 특징입니다.

이해조의 신소설
『강상련』

고어체의 고전 소설을
구어체의 신소설로 개작한
것으로, 원작의 줄거리는
바꾸지 않고 있을 법하지 않은
내용만 현실적이고
합리적으로 고쳤습니다.

완판본 『심청전』

● 딱지본
『심청전』의 등장

'딱지본'은 우리말 소설류를
신식 활판 인쇄기로 찍어
발행한 것을 이르는 말인데,
표지가 아이들이 가지고 노는
딱지처럼 울긋불긋하게
인쇄되어 있는 데서
유래하였습니다. 당시 책값이
6전이어서 '육전
소설(六錢小說)'이라고도
불렸습니다.

● 무성 영화
〈심청전〉

'무성 영화'는 등장인물의 대사나 음향 효과 따위의
소리가 없이 영상만으로 된 영화를 말하는데, '윤백남
프러덕션'에서 만든 이 영화는 한국 영화의 개척기에
나온 작품이라는 의의가 있습니다. 당시 인기 배우였던
나운규가 출연했던 이 영화는 1925년 3월 28일
조선극장에서 개봉되었는데, 당시 널리 알려진 고전
소설의 내용을 그대로 옮긴 탓인지 완전히 실패하고
말았습니다.

나운규

1920년~1930년　●　**1925년**　●　**1930년~1940년**　●　**1943년**

● 서항석의 악극
〈심청〉

악극은 1920년대 이후 우리나라에서
대중가요와 연극을 섞어 만든 극 형태입니다.

● 만극(漫劇)
〈모던 심청전〉

아버지, 저 하얼빈 댄스홀로 가요!
뭐라고, 단 사흘만 갔다 온다고?

'만극'은 대중 통속극을 뜻하는 말로,
〈모던 심청전〉은 『심청전』의 줄거리를 뼈대로 1930년대
상황에 맞춰 익살스럽게 표현한 작품입니다.
공장 직공인 심청이는 아버지 심 봉사의 눈을 뜨게 하는
수술비 삼백 원을 마련하기 위해 하얼빈의 댄스홀로
떠납니다. 세상 물정에 어두운 심 봉사는 '댄스홀'에
다녀오겠다는 말을 '단 사흘'만 있다 오겠다는 말로
잘못 알아듣고 딸을 보냅니다.

채만식의 희곡
〈심봉사〉

심청이가 죽었다니!
이게 다 내 눈 때문이로구나!

완판본을 뼈대로 7막 20장으로 구성된 채만식의 1936년본 희곡
〈심청전〉은 1947년에 3막 6장의 구성으로 보완됩니다.
결말 부분을 제외한 전체적인 구성은 완판본『심청전』과
비슷한데, 심청이보다는 심 봉사를 중심으로 개작됩니다.
1936년본에서는 비현실적인 장면과 사건이 제거되어 심청이가
구출되어 왕비가 된다거나 부녀가 상봉해 심 봉사가 눈을 뜨는
부분이 삭제됩니다. 심청이는 살아나지 않고, 심 봉사는 맹인
잔치에 참석했다가 실제로 눈을 뜨지만 심청이가 죽었다는 것을
확인하고 회한에 차 스스로 자신의 눈을 찌릅니다.

윤이상의 오페라
〈심청〉

독일인 하랄트 쿤트가 대본을 쓰고, 윤이상이 작곡한
작품으로, 1972년 뮌헨 올림픽 문화 축전에서 선을
보였습니다.『심청전』의 서사를 서양의 전통 가극에
맞춘 작품이지만, 뱃사람들의 합창이나 우물가
여자들의 노래 등에서는 한국의 정서가 표출되었다는
평가를 받았습니다.

1936년~1947년	1962년	1972년	1978년

이형표 감독의 영화
〈대심청전〉

당시 인기 배우였던 허장강,
도금봉이 주연한 영화로,
1962년 9월 서울 명보극장에서
개봉했습니다.

최인훈의 희곡
〈달아 달아 밝은 달아〉

나는 불행한 여인일 뿐이랍니다!

이 작품은 원작에서 중요한 요소였던 소재와 구조를 바꿨는데, 원작에서
심청이는 인신 공희의 대상이었던 반면 이 작품에서는 기생으로 팔려
갑니다. 그리고 원작에서 용과 용궁이 심청이를 구원하는 역할을 했지만,
이 작품에서는 '용궁'이라는 술집이 심청이를 타락시키고 착취합니다. 또
심청이가 황후가 되어 아버지를 만난다는 원작의 행복한 결말 대신
심청이가 남자들의 착취를 당한 뒤 심신이 망가져 버린 불행한 여인으로
묘사합니다.
주인공 심청이는 뺑덕 어미의 주선으로 청나라의 '용궁'이라는 술집에
팔려 기생이 되었다가 거기서 만난 김 서방과 사랑을 하고 그의 도움으로
조선으로 가는 배에 탔으나 해적의 습격을 받습니다. 조선에 돌아온
심청이는 이미 늙고 눈이 멀고 미쳐 버렸으나 여전히 아버지와 김 서방을
기다립니다.

천년동안 잠들었던 판타지가 깨어난다

왕후 심청

창작 발레
〈심청〉

박용구가 연출하고 1984년 우리나라 최초의 민간 직업
발레단으로 창단된 유니버설 발레단이 공연한
작품으로, 1986년에 초연된 뒤 전 세계 15개국에서
공연되어 한국적 아름다움을 물씬 느끼게 한다는 평을
받았습니다.

넬슨 신(신능균) 감독의 애니메이션
〈왕후 심청〉

1998년 남한에서 기획하고 북한에서 제작하여 2003년에 완성된 작품으로,
총 6년 6개월의 제작 기간과 700억 원의 제작비가 투입된 우리나라 최초의
남북 합작 장편 애니메이션입니다. 원작의 기본 서사를 바탕으로 하되
심청이는 발랄하고 씩씩하며 글재주가 빼어난 인물로 등장하고, 심 봉사는
역적모의를 하는 세력에게 직언을 하는 충직한 신하의 모습을 지니고,
생계를 위해 대바구니를 짜 시장에 파는 성실한 가장의 모습을 지닌
인물로 탈바꿈합니다.

| 1986년 | 1991년 | 2004년 | 2007년 |

황석영의 장편 소설
『심청, 연꽃의 길』

중국 상인들에게 은자 삼백 냥에 팔린 심청은
풍랑을 잠재우는 제물이 되어 굿을 치르고
중국의 한 부잣집에 팔려 갑니다. 황해를 건너
중국으로 가는 배 안에서 '롄화(연꽃)'라는
이름을 얻은 심청은 중국 사람 첸 대인의 첩이
됩니다. 심청은 첸 대인이 죽은 뒤 몸을 파는
신세가 되지만, 떠돌이 악사를 만나 사랑하게
되어 혼례를 치르고 평범하게 살아가려고
합니다. 그러나 운명은 심청을 다시 몸을 파는
신세로 만들고 맙니다.

오태석의 희곡
〈심청이는 왜 두 번 인당수에 몸을 던졌는가〉

현대의 서울에 나타난 심청이의 운명은?

전체 9장으로 구성된 작품으로, 원작의 내용에서
심청이가 용왕을 만난 뒤부터 이야기를 전개시켰습니다.
심청이가 용왕과 함께 현대의 서울에 나타나는 것으로
이야기가 시작되어 심청이가 서울의 그늘진 현실을
목도하다가 끝내는 인신매매로 끌려온 여성들과 함께
바다에 뛰어든다는 내용입니다. 1990년대 초반 한국
사회를 신랄하게 비판하고 풍자했다는 평을 받았습니다.

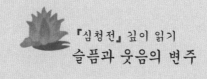

『심청전』깊이 읽기
슬픔과 웃음의 변주

『심청전』의 이본과 완판본에 대하여

예전에 고전 소설의 독자들은 소설이 재미있으면 직접 베끼기도 하고, 후에는 나무판에 글자를 새겨 찍어 내기도 했습니다. 이러한 과정에서 구절이 약간씩 달라지고 일부 내용은 삭제되거나 첨가되기도 하였는데요, 이렇게 생성된 작품을 그 소설의 이본이라고 부릅니다.

『심청전』역시 수많은 이본이 존재합니다. 현재까지 확인된『심청전』의 이본은 대략 230여 종인데, 이 가운데 손으로 쓴 필사본은 130여 종, 목판에 글자를 새겨 찍어 낸 목판본은 10여 종, 글자마다 활자를 만들어 종이에 찍어 낸 활자본은 30여 종입니다. 이는『심청전』이 독자들에게 상당히 많이 읽혔다는 사실을 보여 주는 수치이지요.『심청전』은 판소리 〈심청가〉와 깊은 관련이 있는데, 양반이든 평민이든 계층에 상관없이 누구나 판소리 〈심청가〉를 즐겼다는 점을 생각해 보면 그러한 사실을 이해할 수 있습니다.

이 책에서 사용한 저본은 목판본에 해당합니다. 좀 더 자세히 살펴보기로 할까요. 목판본을 중심으로 할 때『심청전』은 세 계열로 나뉩니다. 서울에서 찍어 낸 경판본 가운데 한남본 등이 한 계열이고, 경판본 가운데 '송동신간'이라는 간기가 써져 있는 송동본과 안성에서 찍어 낸 안성판본이 또 다른 계열입니다. 또 전주에서 찍어 낸 완판본(71장)을 따른 계열로 볼 수 있습니다. 이 가운데 판소리와 가장 밀접한 관련이 있는 것은 완판본 계열인데, 그 형성 시기는 1880년을 넘지 않는 것으로 추정됩니다.

이제 세 계열에 대해 하나씩 살펴보겠습니다. 한남본 계열은 구성이 매우 짜임새가 있고 문체가 간결하며 소박한 문장으로 되어 있습니다. 장 승상 댁 부인, 뺑덕 어미, 안씨 맹인 이야기가 없다는 점이 다른 계열과 구분되는 특징입니다. 화주승의 예언이나 심청이와 심 봉사의 전생 이야기가 서사에서 중요한 역할을 하는 점도 주요한 특징입니다. 또한 심청이가 인당수에 빠져 용궁에 갔을 때 옥황상제로부터 미래를 보장받는 등 심청의 효성에 대한 인과응보적 보상이 대폭 강화된 점도 특징이라고 할 수 있습니다.

송동본 계열에서는 심 봉사가 곡식을 동냥하여 심청이를 양육하는 것으로 되어 있는데, 이는 가산을 팔아 양육하는 것으로 묘사한 한남본 계열과는 차이가 나는 점입니다. 뺑덕 어미가 심 봉사와 황성에 가다가 도망하는 이야기, 황성에 도착한 심 봉사가 안씨 맹인을 만나 좋은 인연을 맺는 이야기 등이 한남본에는 없었으나 첨가되었습니다. 송동본 계열은 한남본 계열에서 간략하게 처리한 장면을 구체적으로 묘사하고 새로운 인물이나 내용을 첨가하였는데, 리듬이 있는 율문체에 가깝고 삽입 가요가 많아 판소리와 관련이 깊습니다.

완판본 계열은 문체나 줄거리가 송동본 계열과 대개 일치합니다. 다만 송동본 계열에 없는 가요, 사설, 고사성어, 한시 등이 첨가되어 있습니다. 송동본 계열과의 가장 큰 차이점이라면 장 승상 댁 부인이 여러 번 등장하여 이야기에 영향을 미친다는 점입니다. 장 승상 댁 부인은 기존의 판소리에는 등장하지 않다가 후대에 판소리 내용을 소설로 옮기는 과정에서 새롭게 등장하게 된 인물입니다. 이 밖에 심 봉사가 방아 찧는 여인들을 만나 〈방아 타령〉을 부르는 대목, 심 봉사가 눈을 뜰 때 다른 맹인들도 모두 눈을 뜨는 장면, 황후가 된 심청이가 아버지를 만난 뒤의 이야기 등이 송동본 계열에 없는 부분입니다. 판소리 창본을 주축으로 형성된 완판본 계열에서는 초기 필사본에서 보였던 비극미가 약화되는 대신 상대적으로 골계미와 낭만성이 강화되었다는 특징이 있습니다.

이 책은 이 가운데 완판본 계열을 저본으로 삼았습니다. 이는 판소리
계 소설 『심청전』이 판소리와 밀접한 관련을 맺고 있다는 점, 내용이 다
른 계열에 비해 매우 풍부하다는 점을 고려한 것입니다.

슬픔과 웃음

대부분의 판소리계 소설이 그러하듯이 『심청전』에도 비장미와 골계미
가 함께 드러나 있습니다. 비장미와 골계미는 쉽게 말하면 슬픔과 웃음
이라 할 수 있습니다. 슬프면서도 웃기는 역설적인 상황은 판소리의 큰
매력인데, 그것이 『심청전』과 같은 판소리계 소설에도 수용되어 있는 것
이지요.

심청이는 아버지가 장님이고, 어머니는 일찍 죽었으며, 집안은 가난했
습니다. 심청이에게 이러한 상황은 고난이라 할 수 있는데, 이 고난은 개
인의 의지로 극복할 수 있는 것이 아닌 운명적인 것이었습니다. 바로 이
러한 점에서 비극이 발생하게 됩니다. 쉽게 극복할 수 있었다면 비극이
발생하지 않겠지요. 장님인 아버지가 눈을 뜨고, 죽었던 어머니가 살아
나며, 집안이 부유해지는 것은 심청이에게 일어나기 힘든 일들입니다.
이처럼 심청이에게 일찍부터 주어진 상황은 독자에게 슬픔의 정서를 느
낄 공간을 일찌감치 제공해 줍니다.

이러한 세 가지 고난 가운데 슬픔의 촉매제가 되는 것은 아버지가 장님
이라는 사실입니다. 사실 『심청전』은 세 가지 고난 중에서 다른 두 가지
를 토대로 전개될 수도 있었을 것입니다. 예를 들어 심청이가 죽은 어머
니를 그리워한다든지, 아니면 가난을 벗어나기 위해 노력한다든지 하는
방향으로 진행될 수도 있었다는 것이지요. 그런데 오늘날 전해지고 있는
『심청전』에서는 아버지가 장님이라는 사실을 중시하고 그에 따라 이야기

를 전개하고 있습니다. 이렇게 된 까닭을 다양하게 추정할 수 있겠지만, 그 가운데 하나를 들자면 슬픔의 정서를 강화하고 이야기를 전개하는 데에는 다른 무엇보다도 심 봉사를 주축으로 하는 것이 가장 현실적이고 자연스럽기 때문일 것입니다. 존재하지 않는 어머니보다는 존재하는 아버지를 대상으로 하는 것이 보다 현실적이고, 가난을 소재로 하는 것보다는 아버지가 앞을 보지 못한다는 사실을 소재로 하는 것이 슬픔의 정서를 전달하는 데 도움을 줄 것입니다.

이러한 점들 때문에 심청이가 맞닥뜨린 여러 가지 고난 가운데 아버지가 눈먼 것이 작품에서 중요한 소재 역할을 하게 됩니다. 심 봉사의 입장에서 볼 때도 자신이 눈먼 것은 참으로 애달픈 일이었습니다. 사랑하는 자식의 얼굴을 볼 수 없을 뿐만 아니라 일을 할 수 없으니 가난에서 벗어날 수가 없기 때문입니다. 자식에게 동냥을 시키는 처지로 전락하였으니 그 비참함은 말할 수 없을 지경입니다. 이러한 상황에서 몽은사 화주승의 공양미 삼백 석 제안이 나온 것입니다. 심 봉사에게는 '공양미 삼백 석을 바치면 눈을 뜰 수 있다.'는 것이 화주승의 거짓말이라 해도 솔깃해질 수밖에 없는 것이었습니다. 심 봉사가 삼백 석을 시주하겠다고 승낙한 것은 이처럼 자신의 절실한 처지에서 비롯된 것이고, 이는 결국 심청이의 처지를 더욱 비극적으로 만드는 계기가 됩니다.

그런데 공양미를 바치면 심 봉사의 눈이 떠질 수 있다는 것은 현실 세계에서는 일어날 수 없는 일이지요. 그런데도 심청이는 이것을 '믿고' 주저 없이 자신을 버립니다. 이러한 심청이의 행동에는 물론 부모님께 효도해야 한다는 강한 신념이 자리 잡고 있습니다. 이처럼 심청이가 효라는 이상을 긍정하여 현실에서는 불가능해 보이는 소망을 이루려는 데서 슬픔의 정서가 마련됩니다.

구체적으로 슬픔의 정서가 증폭되는 것은 심청이가 스스로 선택해서 겪는 두 가지 이별 때문입니다. 심청이가 앞 못 보는 아버지를 두고 떠나는 장면이나 인당수에서 빠져 죽으려 할 때의 장면이 그것입니다. 두 장면은 모두 이별과 관련됩니다. 아버지와 이별하고 또 삶과 이별하는 것이지요. 이 두 가지는 인간이라면 누구나 내켜 하지 않는 이별들입니다. 부모나 세상이 자신에게 가혹하게 대했다고 느끼는 사람도 자신을 길러 준 부모와 살아서 헤어지고 자신이 살아온 세상과 죽어서 헤어지는 것은 가능하면 피하고 싶을 것입니다. 그런데 심청이는 그것을 자발적으로 선택하였습니다. 『심청전』에서는 이처럼 인지상정을 자극할 수 있는 이별 두 가지를 설정하고 심청이가 자발적으로 선택하게 함으로써 슬픔의 정서를 극대화하고 있습니다.

심청이가 이별할 때의 장면은 매우 절절하게 표현되어 있습니다. 슬픔의 정서를 드러내기 위한 표현을 적절히 한 것입니다. 심청은 효라는 이념의 화신으로 설정되어 죽음을 거리낌없이 받아들이지만, 그녀 역시 인간입니다. 아버지와 이별하고 세상과 하직할 때 심청이가 보여 주는 행위는 독자나 청중이 충분히 공감할 만합니다.

사립문 밖에는 벌써 뱃사람들이 와 있었다.

"오늘이 배 떠나는 날이니 쉬이 가게 하오."

심청이가 그 말을 듣고 정신이 어질하여 얼굴빛이 창백해지더니 목멘 소리로 뱃사람들을 겨우 불러 말했다.

"여보시오, 뱃사공님네! 오늘이 배 떠나는 날인 줄은 알고 있지만, 우리 부친은 내 몸이 팔린 줄 아직 모르십니다. 우리 부친이 이 사실을 아시면 난처하게 될 것이니 잠깐만 기다려 주시오. 부친께 마지막으로 진지나 지어 드려 잡수시게 한 뒤에 인사를 드리고 떠나겠나이다."

뱃사람들이 그러라고 하자, 심청이는 눈물로 밥을 지어 아버지께 올렸다. 그러고는 밥상머리에 앉아 아무쪼록 많이 잡수시게 하려고 자반도 떼어 입에 넣어 드리고 김쌈도 싸서 술가락에 올려놓으니, 사정을 모르는 심 봉사가 기쁜 얼굴로 말했다.

"오늘은 반찬이 아주 좋구나. 뉘 집에서 제사를 지냈느냐? 그런데 이상한 일도 다 있구나. 간밤에 꿈을 꾸니 네가 큰 수레를 타고 한없이 멀리 가더구나. 수레라 하는 것이 귀한 사람이 타는 것이라 우리 집에 무슨 좋은 일이 있으려나 보다. 장 승상 댁에서 너를 가마에 태워 데려가려나."

심청이는 저 죽을 꿈인 줄을 짐작하였으나 거짓말을 했다.

"아버지, 그 꿈이 좋습니다."

심청이가 진짓상을 물리고 담배에 불을 붙여 올린 뒤에 그 밥상을 놓고 먹으려 하니 간장이 끊어져 눈물이 솟아나고, 저 죽고 난 뒤의 아버지 신세를 생각하니 정신이 아득하고 몸이 떨려 밥을 먹지 못하고 상을 물렸다.

심청이는 아버지와 헤어져야 할 때가 되어 마지막으로 아버지에게 진지를 차려 드리지만, 아버지 심 봉사는 그런 줄도 모르고 좋은 일이 있으려나 보다 하고 기뻐합니다. 이별의 슬픔을 표현하기 위해 이처럼 심청이가 심 봉사를 위해 진지를 차려 드리는 장면을 설정한 것입니다. 진정으로 슬픈 상황이지만 한쪽은 그러한 상황을 전혀 모르는 것으로 설정함으로써 슬픔을 극대화하는 효과를 거두는 것입니다.

심청이가 두 손을 합장하고 일어나서 빌었다.

"비나이다, 비나이다, 하느님 앞에 비나이다. 제가 죽는 일은 조금도 서럽지 않습니다. 몸이 불편하신 우리 부친의 깊은 한을 생전에 풀려고 이 죽음을 당하니 부디 하늘이 감동하셔서 침침한 아비 눈을 뜨게 해 주소서."

그러고는 눈물을 흘리며 말했다.

"뱃사공님네는 평안히 가시고 억십만금 이익을 내어 이 물가를 지나시거든 제 혼백을 불러 물밥이나 주시오."

심청이가 뱃머리에 나서서 보니 시름에 잠긴 푸른 물은 월러렁 출렁 뒤집어지며 굽이쳐서 물거품이 일고 있었다. 기가 막힌 심청이가 뒤로 털썩 주저앉아 뱃전을 잡고 기절하여 엎어지니 그 모습은 차마 볼 수 없었다. 정신을 차린 심청이가 온몸을 잔뜩 웅크리고 치마를 둘러쓰며 총총걸음으로 물러섰다가 푸른 바다 가운데 몸을 던지며,

"애고애고, 아버지! 저는 이제 죽습니다!"

하는데, 뱃전에 한 발이 지칫거리다가 거꾸로 풍덩 빠졌다.

심청이가 인당수에 빠지는 장면입니다. 비록 아버지를 위해 죽기는 하지만 그녀 역시 인간이므로 빠지기 직전에는 기운이 막히기까지 합니다. 심청이가 죽기 직전에 보이는 이러한 모습은 매우 인간적입니다. 인간이 죽음에 대해 가지는 공포를 표현해 놓았기 때문입니다. 이러한 표현에서 슬픔의 정서는 극에 이릅니다.

그런데 『심청전』에는 이처럼 슬픔만 있는 것은 아닙니다. 한편에는 웃음이 존재합니다. 그런데 『심청전』 웃음은 호탕한 웃음이 아니라 슬픔이 배어 있는 웃음입니다. 그렇게 된 것은 그 웃음이 주로 심 봉사와 연관이 있기 때문입니다.

심 봉사는 애초부터 점잖으면서도 비속한 인물이었습니다. 다만 점잖

음은 심청이와 함께 있을 때 주로 드러나고, 비속함은 심청이가 떠난 뒤에 주로 드러납니다. 심청이의 희생과 함께 심 봉사의 점잖음은 줄어들면서 작품의 비극성도 약화되는 것입니다. 대신 골계미, 즉 웃음이 주로 드러나는데 이는 심 봉사가 뺑덕 어미를 만나면서부터입니다. 심청과 뺑덕 어미는 각각 '효'라는 유교 이념과 '자본과 욕망'이라는 현실을 상징하는 인물이고, 심 봉사는 그 중간에 위치해서 유교 이념을 지키는 듯하다가 현실에 기울어지는 인물입니다. 따라서 유교 윤리가 허무함을 알고 현실적 이해관계를 택하는 심 봉사에게서 우스운 모습을 발견하는 것은 어렵지 않습니다.

어유아 어유아 방아요.
태곳적 천황씨는 나무의 덕으로 왕 노릇을 하시니 이 나무로 왕을 하셨는가.
어유아 방아요.
유소씨가 나무에다 집을 지으니 이 나무로 집을 얽었는가.
어유아 방아요.
신농씨가 나무로 쟁기를 만드니 이 나무로 따비를 했는가.
어유아 방아요.
이 방아가 누구의 방아인가, 각 댁 하녀의 가죽 방아인가.
어유아 방아요.
떨구덩 떨구덩, 허첨허첨 찧은 방아 강태공의 낚시 방아.
어유아 방아요.
적막공산의 나무를 베어 이 방아를 만들었네.
방아의 모습을 보니 이상하고 이상하다.

사람을 본땄는가, 두 다리를 벌렸는데

고운 얼굴에 꽂힌 비녀를 보았는지 중간에 비녀를 찔렀구나.

어유아 방아요.

길고 가는 허리를 보니 초왕의 우미인 넋이런가.

그네 뛰던 발로 이 방아를 찧었겠구나.

어유아 방아요.

머리 들고 있는 모습은 푸른 바다의 늙은 용이 성을 낸 듯,

머리 숙여 찧는 모습은 술에 취한 왕이 고개를 숙인 것인가.

어유아 방아요.

오고대부 백리해가 죽은 뒤에 방아 소리가 끊겼더니

우리 임금 착하셔서 나라가 태평하고 백성이 평안하며

하물며 맹인 잔치는 고금에 없었으니

우리도 태평성대에 방아 소리나 해 보세.

어유아 방아요.

한 다리를 높이 밟고 오르락내리락하는 모습에 실룩벌룩 삐쭉빼쭉 조개
로다.

어유아 방아요.

얼씨구 좋을시고 지화자 좋을시고.

완판본 계열에만 보이는 이 〈방아 타령〉을 보면 심 봉사의 성적 욕망이
여과 없이 드러나 있습니다. 방아 자체의 상징이라든지 방아를 찧는 모
습에서 그러한 점을 발견하게 됩니다. 초반부에 심 봉사의 비속함이 아
예 보이지 않았던 것은 아니지만, 심청의 효에 의해 그러한 비속함은 압
도되었다가 심청이 떠난 뒤에 비로소 내면의 욕망이 표출된 것입니다.

여기에서 심 봉사의 욕망은 진지하게 표출되기보다 방아를 통해 해학적으로 표출되고 있습니다. 심 봉사의 비속함이 해학적인 장면을 통해 드러나 있는 것이지요.

그런데 위의 장면이 우습기는 하지만 왠지 허무한 느낌을 주는 것은 지울 수가 없습니다. 그것은 심 봉사의 처지를 생각해 보면 이해가 됩니다. 심 봉사는 뺑덕 어미와 함께 황성에 갔으나, 뺑덕 어미가 그만 황 봉사와 함께 도망을 가 버려 홀로 남게 되었기 때문이지요. 심 봉사는 이처럼 심청이가 떠난 뒤 의존하던 짝을 잃은 아픔이 있었는데, 〈방아 타령〉은 바로 이러한 아픔 뒤에 나옵니다. 〈방아 타령〉이 그 자체로는 신명나는 것처럼 보이지만, 아내와 딸을 모두 잃은 심 봉사의 허무와 슬픔이 노래에 배어 있습니다.

결핍과 충족

『심청전』의 전반부는 심청이의 결핍으로 점철되어 있습니다. 그 가운데 대표적인 결핍은 앞에서도 이야기한 바 있듯이, 돌아가신 어머니, 가난, 눈먼 아버지입니다. 심청이는 어머니 곽씨 부인이 자신을 낳고 얼마 되지 않아 죽었으므로 어머니의 얼굴도 제대로 모릅니다. 다만 어머니가 물려준 괴불주머니를 어머니 대신 보고 자랐을 뿐입니다. 가난 역시 심청이에게는 견디기 힘든 고통이었습니다. 가난 때문에 결국 동냥을 해 빌어먹어야 하는 처량한 신세가 되었습니다. 아버지가 눈먼 것은 심청이 인당수에 빠지게 되는 수난과 직결되는 고난입니다.

그런데 후반부에 가면 상황이 달라집니다. 심청이가 인당수에 빠진 뒤부터 심청이의 결핍은 충족으로 변합니다. 옥황상제의 명령으로 심청이는 용궁으로 모셔지고 호화로운 용궁에서 부족함 없이 지내게 되는 것이

173

지요. 또 심청이는 용궁에서 그토록 그리던 어머니를 만나게 됩니다. 곽씨 부인은 죽어서 옥진 부인이라는 선녀가 되었는데, 심청을 만나러 용궁에 간 것입니다. 이처럼 용궁에서 심청이가 경험하는 것은 크게 두 가지로 볼 수 있는데, 부족함 없이 지내는 것과 어머니를 만나는 것입니다. 이 사건은 심청이가 초기에 겪었던 세 가지 고난 가운데 두 가지가 해소되었다는 것을 알려 줍니다. 용궁은 이 작품에서 심청이의 재생을 상징하지만, 그 무엇보다도 심청의 결핍이 충족되는 공간으로서의 기능을 하고 있습니다.

이제 심청이에게 남은 결핍 하나는 아버지의 눈이 떠지는 것입니다. 그것 때문에 심청이가 물에 빠지지 않았습니까. 심청이는 황후가 되어 결국 심 봉사를 만나고 심 봉사는 '심청'이라는 말에 눈이 번쩍 떠집니다. 심청을 괴롭혔던 고난 가운데 가장 큰 것이 해결됨으로써 작품은 대단원을 맞습니다. 이제 초반에 심청이가 겪었던 세 가지 고난은 완전히 해소되고 결핍은 충족으로 완전히 변화합니다.

심청이의 모습이 고난으로부터 행복으로, 결핍으로부터 충족으로 변화하는 것은 『심청전』을 즐겼던 민중들의 소망과 떼어 놓고 볼 수 없습니다. 심청이의 고난은 민중의 고난이요, 심청이의 행복은 민중의 행복입니다. 가난했으나 나중에는 많은 재물을 얻고, 어머니를 잃었다가 나중에는 어머니를 만나고, 아버지가 눈이 보이지 않았다가 나중에는 눈이 떠졌습니다. 고난이 모두 행복으로 바뀐 것이지요.

심청이가 행복하게 된 것은 물론 효도에 대한 보상으로 볼 수 있습니다. 그런데 더 나아가 그러한 이념보다도 가난 등으로 고통을 당하는 민중이 행복해지고자 하는 바람이 『심청전』이라는 소설을 통해 구현되었다고 하는 해석도 타당합니다. 심 봉사의 눈이 떠지고 다른 맹인들의 눈도 떠졌다는 설정에서 그러한 점을 엿볼 수 있습니다. 『심청전』은 주로 19세기에 유행했는데, 민중들은 잦은 민란이나 관리의 가혹한 정치 등으로 고통을 당하며 가난하게 살았습니다. 『심청전』에는 심 봉사의 눈, 모든 맹인의 눈이 번쩍 떠졌듯이 행복하게 살고자 하는 민중들의 소망도 번쩍 이루어지를 바라는 마음이 담겨 있다고 하겠습니다.

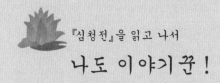

『심청전』을 읽고 나서
나도 이야기꾼!

❶ 다음은 『심청전』의 주요한 사건들을 시간 순서대로 나열한 것입니다.
괄호를 채워 보세요.

① 어미를 잃은 심청이를 위해 심 봉사는 이 마을 저 마을 돌아다니며
(   )을 해서 키운다.

② 심 봉사는 몽운사 화주승에게 공양미 (   )을 바칠 수 있다고 큰
소리친다.

③ 심청이는 심 봉사가 눈을 뜰 수 있다는 말에 뱃사람들에게 (   )
에 빠질 제물이 되겠다고 약속한다.

④ 뺑덕 어미는 심 봉사를 혼자 내버려 두고 (   )와 함께 줄행랑을
친다.

⑤ 부원군이 된 심 봉사는 아들 (   )을 낳아 출세시킨다.

❷ 심청이는 언행과 마음씨가 곱고 효성이 지극한 인물로 그려지고 있습니다. 그런데 심청이의 성격이 정반대라면『심청전』의 결말은 어떻게 되었을까요? 여러분의 상상에 따라『심청전』의 결말을 다시 써 봅시다.

원래의 결말	바뀐 결말
효성이 지극한 심청이는 공양미 삼백 석에 아버지가 눈을 뜰 수 있다는 이야기를 듣고 제 몸을 팔아 인당수에 뛰어든다. 이에 하늘이 감동하여 심청이는 다시 살아나 황후가 되어 아버지를 만나고, 마침내 심 봉사도 눈을 뜨게 된다.	

❸ 부모님께 효도한다는 것만 보면 심청이를 칭찬할 만합니다. 그러나 목숨을 버리면서까지 효도하는 것이 과연 올바른 효도인지에 대해서는 거꾸로 심청이를 비판할 수도 있습니다. 여러분은 심청이가 보여 준 효성을 어떻게 생각하는지 친구들과 토론해 봅시다.

심청이는 효녀다	심청이는 효녀가 아니다

❹ 여러분이 『심청전』의 등장인물을 실제로 만날 수 있다면, 어떤 이야기를 하고 싶은지 아래 예를 참고해서 적어 봅시다.

심 봉사	
심청이	
뺑덕 어미	
장 승상 댁 부인	심청이가 어렵게 살고 있다는 것을 아셨을 텐데, 왜 적극적으로 돕지 않으셨어요? 뱃사람들이 인당수에 빠질 제물로 심청이를 산 것을 뒤늦게 아셨더라도 어떻게 해서든 심청이를 인당수로 가지 못하게 막으셔야 했던 것 아닌가요?
뱃사람	

❺ 『심청전』에는 공양미를 바치면 눈을 뜰 수 있다고 하는 비합리적인 내용이나 살아 있는 사람을 제물로 바쳐 평안을 기원하는 것처럼 오늘

날의 상식으로는 이해하기 힘든 내용이 있습니다. 그러한 내용을 찾아
서 다음과 같이 여러분의 생각을 말해 봅시다.

나는 몽운사 화주승이 나쁜 사람이라고 생각해. 공양미를 바치는 것과 눈
먼 사람이 눈을 뜨는 것은 아무런 상관이 없잖아. 공양미를 바치면 눈을 뜰
수 있다고 심 봉사를 부채질해 결국 심청이가 인당수에 빠지게 된 것이고.
공양미를 바쳐서 병이 나을 수 있다거나 하면 모두 돈만 많이 벌면 최고라는
생각을 하게 될 것 같아. 그러면 괜한 경쟁만 하게 될 것이라고 생각해.

나는 _____

_____

_____

_____

_____

_____ 이라고 생각해.

'이야기 속 이야기'의 내용을 더 알고 싶다면?

『고전 소설 속 역사 여행』, 신병주·노대환, 돌베개, 2005

『19세기 조선, 생활과 사유의 변화를 엿보다』, 주영하·김소현·김호·정창권,
   돌베개, 2005

『역사 속 장애인은 어떻게 살았을까』, 정창권, 글항아리, 2011

『한국 고전과 콘텐츠 개발』, 윤종선, 커뮤니케이션북스, 2012

『호열자, 조선을 습격하다』, 신동원, 역사비평사, 2004

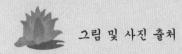

그림 및 사진 출처

『심청전』을 통해 본 조선 시대 _ 보지 못해도 할 수 있는 일은 많다오!

김준근, 〈판수 경 읽는 모양〉, 덴마크국립박물관

김준근, 〈맹인호점〉, 숭실대학교 한국기독교박물관

효자와 효녀 이야기 _ 효도, 어디까지 해 봤니?

『삼강행실도』, 국립중앙도서관

심청이의 또 다른 환생 _ 심청이의 생명은 길기도 하구나!

창작 발레 〈심청〉, 유니버설발레단

영화 〈대심청전〉, 한국영상자료원